こそ日本語！

就是要學日本語

初級（下）新版

淡江大學日文系編撰團隊　主編

曾秋桂 召集人
孫寅華、張瓊玲 副召集人
落合由治、中村香苗 日文監修及錄音

曾秋桂、孫寅華
張瓊玲、落合由治
廖育卿、蔡欣吟、蔡佩青

合著

關於《就是要學日本語》的發行

　　淡江大學日本語文學系自 1966 年成立至今，將屆 55 週年，目前穩居淡江大學學生人數最多的學系。本系除了盡心盡力地肩負起為國家培育專業日語人才的重責大任之外，也負責規劃並執行專屬淡江大學外系學生選修「核心日文（一）」、「核心日文（二）」、輔系日文的課程。校內系外的日文開課班級數，一直都維持穩定成長。另外也與高中結為策略聯盟學校，在高中開設日文課程，善盡社會責任。

　　為了能符合外系學生選修「核心日文（一）」、「核心日文（二）」、輔系日文課程之需，系上由經驗豐富的孫寅華老師負責編撰完成《日本語淡江大學核心日文多媒體教材》教科書。該教科書內容紮實、非常實用，化育了不少日語人才。惟因考量到與時俱進的時代性任務，適巧又幸蒙瑞蘭國際有限公司王愿琦社長的誠摯邀約，於是本人召集了本系有志一同的孫寅華老師、張瓊玲老師、廖育卿老師、蔡欣吟老師、蔡佩青老師、落合由治老師、中村香苗老師等 7 位優秀熱心的教師，共同組成淡江大學日文系編撰團隊，同心協力撰寫教科書嘉惠學子。

　　如期誕生的這一本《就是要學日本語》，分成上、下冊兩冊出刊，各有 15 課的內容。上冊是提供「核心日文（一）」、下冊是提供「核心日文（二）」的課程使用。本教科書的每一課結束之後，還附有一篇日本文化直播單元，增加讀者對於日本文化的認知。此單元則由長年旅居日本的蔡佩青老師一人獨力完成，內容精彩。另外使用本教科書除了可以達到學習日語的良好效果，又因有落合由治老師、中村香苗老師兩位老師通力合作完成的清晰錄音檔的陪伴學習，對於學生的日語發音以及聽力部分，絕對有加乘的效果。本教科書可謂內容豐富、精采絕倫、附加價值升級。

而本教科書《就是要學日本語》的順利出刊，絕非偶然。那是匯集了本系編撰團隊們在因新冠肺炎侵襲而格外忙碌的學期當中，不辭辛苦地撰寫完成。又再加上王愿琦社長、葉仲芸副總編輯的專業當後盾、插畫家 Syuan Ho 的優美插畫來吸睛等三者合一，才能展現出此絕佳的結晶成果。

　　臨出刊之際，本人此刻特別心懷感激、興奮。感念為這本教科書付出的所有有志之士，衷心謝謝您們。淡江大學日本語文學系將秉持成立的初衷，團結一致地繼續規劃符合不同課程的更充實的教科書，藉以善盡高等教育的社會責任以及一直以來支持本系的先賢、前輩們。敬請不吝賜教，為禱。

淡江大學日本語文學系主任

曾秋桂

2025 年 8 月 1 日
於滬尾

Ⅰ 結構

　　本書為淡江大學日本語文學系針對第二外語學習者所設計編撰之初級基礎教材。全書分上、下二冊，各冊15課，共計30課。上冊課前有平假名・片假名五十音圖表、發音練習，以及日常寒暄用語。底頁之附錄，則包含各課練習的參考答案、各課單字一覽表、品詞分類表、動詞・形容詞・形容動詞的詞尾變化表、指示代名詞、數字、時刻・時間、日期、量詞、臺灣前一百大姓氏日語發音、家人稱謂等。而下冊底頁之附錄，則包含各課練習解答、各課單字一覽表、品詞分類表、動詞・形容詞・形容動詞的詞尾變化表、日本行政區等，方便學習者查詢學習。

　　此外，本書另附單字、例句、課文內容音檔 QR Code，加強學習者發音練習。

Ⅱ 內容

1 單字（単語）

　　本書以日常生活常用單字、慣用語以及日語能力測驗 N5-N3 範圍必備之語彙為基準，配合各課所需，分別運用於上、下冊課文內。下冊單字增加時事、科技等相關用語。上冊約 600 詞條、下冊約 450 詞條。

2 句型（文型）

　　每課安排 3-5 個基本句型，並附上簡單易懂的文法說明。上冊從簡單的名詞、形容詞、形容動詞、動詞句型，循序漸進習得基礎必備之語法知識。下冊則包含樣態、變化、否定的請求、建議、可能、經驗、假定、被動、使役、意志等句型，習得之後，有利於學習者銜接中級日語，讓日語實力更上一層樓。

3 練習（練習）

　　配合各課句型做實際句子練習。除了基本模仿練習之外，也有延伸問答的應用練習，同時為激發學習者在學習上不落窠臼，也安排了自由發想、發揮的練習項目。

4 本文（本文）

　　以基本句型運用，發展出會話單元，讓學習者能將該課所學即時融會貫通，瞭解到原來學習日語不枯燥，不必一味死記。下冊在本單元除了會話練習之外，也提供幾篇短文，以培養學習者閱讀能力。

5 日本文化（日本文化直播／日語文化直播）

　　各課學習完了後，兼顧溫習（おさらい）以及對日本文化的認識，在上冊精心策畫了「日本文化直播」單元，讓學習者在學習日語的同時，也能享受不同文化的樂趣與深意；而下冊「日語文化直播」單元則全部介紹和日語相關的內容，既有深度且饒富趣味，讓學習者更能掌握日語的使用，也透過這些語彙，更了解日本文化。

III 本書用語

　　目前日語學習中，有關學習用語大抵依據《国語文法》或《教育文法》為主。本書原則上採用《国語文法》用詞，但考量學習者多元學習，附加《教育文法》，例如：「形容詞」→「イ形容詞」、「形容動詞」→「ナ形容詞」。

IV 學習目標和成效

　　跟著本書學習，從日語零基礎開始，只要持之以恆，必定會習得日本語能力測驗 N3 的實力，這也是我們編撰小組企盼的學習目標。

淡江大學日文系編撰團隊

目次

前言：關於《就是要學日本語》的發行 …… 002
有關本書 …… 004

第1課
このコロッケは　おいしそうです。 …… 009

第2課
私は　オリンピック選手に　なりたいです。 …… 021

第3課
みんな　まじめに　勉強して　います。 …… 033

第4課
コーヒーを　飲みながら、小説を　読んで　います。 …… 043

第5課
危ないですから、この道を　通らないで　ください。 …… 053

第6課
日本人と　日本語で　話す　ことが　できますか。 …… 065

第7課
台北１０１ビルに 登った ことが ありますか。 …… 075

第8課
観音山が 見えたり 見えなかったり します。 …… 085

第9課
時間が なければ、タクシーで 行きます。 …… 095

第10課
誕生日の お祝いに パソコンを もらいました。 …… 107

第11課
親切に して もらった ことが 忘れられません。 …… 117

第12課
雨に 降られて 風邪を 引きました。 …… 129

第13課
先生は 学生に 日本語の 歌を 歌わせます。 …… 141

第 14 課
明日、台風が 来ると 思います。……153

第 15 課
友達と 一緒に ゲームで 遊ぼう。…… 163

附錄

1. 各課練習解答 …… 174
2. 各課語彙一覽表 …… 197
3. 品詞分類表 …… 212
4. 動詞、形容詞、形容動詞的詞尾變化表 …… 216
5. 日本行政區 …… 218

如何掃描 QR Code 下載音檔

1. 以手機內建的相機或是掃描 QR Code 的 App 掃描封面的 QR Code。
2. 點選「雲端硬碟」的連結之後，進入音檔清單畫面，接著點選畫面右上角的「三個點」。
3. 點選「新增至「已加星號」專區」一欄，星星即會變成黃色或黑色，代表加入成功。
4. 開啟電腦，打開您的「雲端硬碟」網頁，點選左側欄位的「已加星號」。
5. 選擇該音檔資料夾，點滑鼠右鍵，選擇「下載」，即可將音檔存入電腦。

1

このコロッケは
おいしそうです。

第1課

一  単語　MP3-01

01	**コロッケ**	①	名 可樂餅
02	**そら**	① 空	名 天空
03	**でんきりょうきん**	④ 電気料金	名 電費
04	**マーボーどうふ**	⑤ 麻婆豆腐	名 麻婆豆腐
05	**もんだい**	⓪ 問題	名 問題
06	**バッグ**	①	名 包包、手提包、公事包
07	**ボタン**	⓪	名 鈕扣、扣子
08	**つくりかた**	④ 作り方	名 做法
09	**しょうひん**	① 商品	名 商品、貨品
10	**シュークリーム**	④	名 泡芙
11	**むすめ**	③ 娘	名 女兒
12	**むすこ**	⓪ 息子	名 兒子
13	**うれしい**	③ 嬉しい	形 高興的、開心的
14	**かなしい**	⓪③ 悲しい	形 悲傷的、悲哀的、難過的
15	**からい**	② 辛い	形 辣的
16	**こわい**	② 怖い	形 可怕的、恐怖的
17	**しんぱい〔な〕**	⓪ 心配〔な〕	形動 擔心的

18	じょうぶ〔な〕	⓪ 丈夫〔な〕	形動 耐用的、結實的
19	いたずら〔な〕	⓪ 悪戯〔な〕	形動 頑皮的、淘氣的
20	しあわせ〔な〕	⓪ 幸せ〔な〕	形動 幸福的
21	ふまん〔な〕	⓪ 不満〔な〕	形動 不平的、不滿的
22	あがる	⓪ 上がる	動・五 上漲、上升
23	なく	⓪ 泣く	動・五 哭、哭泣
24	さく	⓪ 咲く	動・五 開花
25	こまる	② 困る	動・五 困擾、苦惱、為難
26	おちる	② 落ちる	動・上一 掉落
27	とれる	② 取れる	動・下一 脱落、掉下
28	うれる	⓪ 売れる	動・下一 暢銷
29	そろそろ	①	副 不久、差不多該
30	えんりょしないで	⑤ 遠慮しないで	慣 請不要客氣

第1課

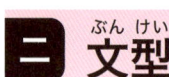
文型

MP3-02

1 【形容詞＋そうです】

形容詞語幹＋樣態助動詞「そうです」表示「看起來好像～的樣子」。

例外：「いいです（好的）→よさそうです（好像很好）」、「ないです（沒有）→なさそうです（好像沒有）」。

以「形容詞＋そうな」修飾後面的名詞，如「おいしそうなケーキ」（看起來很好吃的蛋糕）。

▶ このコロッケは　おいしそうです。
▶ この映画は　おもしろそうです。
▶ 彼は　忙しそうです。
▶ 彼女は　悲しそうな　顔を　して　います。

2 【形容動詞＋そうです】

形容動詞語幹＋樣態助動詞「そうです」表示「看起來好像～的樣子」。

以「形容動詞＋そうな」修飾後面的名詞，如「元気そうな子ども」（看起來好像很有活力的小孩）。

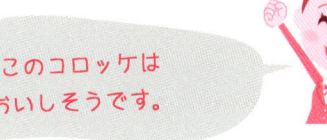
このコロッケは おいしそうです。

- お姉さんは 幸せそうです。
- あの人は まじめそうです。
- 彼は いつも 暇そうです。
- おじいさんは 不満そうな 顔を して います。

3 【動詞＋そうです】

　　動詞連用形＋樣態助動詞「そうです」表示動作發生前的樣貌，中文是「好像快要～」，也有預測或徵兆的意思。另外，可以用「動詞＋そうな」修飾後面的名詞，如「泣きそうな顔」（快要哭的臉）。

- 空が 暗いです。雨が 降りそうです。
- 電気料金が そろそろ 上がりそうです。
- 明日の 宿題を 忘れそうでした。
- あの子は 泣きそうな 顔を して います。
- あの人は お金が ありそうです。

第 1 課

三 練習

1 （例）そのマーボー豆腐・とても辛い
→ そのマーボー豆腐はとても辛そうです。

① この問題・難しい
→ ＿＿＿＿＿＿＿＿＿＿＿＿＿＿＿＿＿＿＿＿＿＿＿＿＿＿＿＿＿＿＿。

② 彼女・嬉しい
→ ＿＿＿＿＿＿＿＿＿＿＿＿＿＿＿＿＿＿＿＿＿＿＿＿＿＿＿＿＿＿＿。

③ 新しい先生・怖い
→ ＿＿＿＿＿＿＿＿＿＿＿＿＿＿＿＿＿＿＿＿＿＿＿＿＿＿＿＿＿＿＿。

④ 明日も・天気がいい
→ ＿＿＿＿＿＿＿＿＿＿＿＿＿＿＿＿＿＿＿＿＿＿＿＿＿＿＿＿＿＿＿。

2 （例）あの人・元気
→ あの人は元気そうです。

① 両親・心配
→ ＿＿＿＿＿＿＿＿＿＿＿＿＿＿＿＿＿＿＿＿＿＿＿＿＿＿＿＿＿＿＿。

② このバッグ・丈夫
→ ＿＿＿＿＿＿＿＿＿＿＿＿＿＿＿＿＿＿＿＿＿＿＿＿＿＿＿＿＿＿＿。

③ その仕事・大変
→ ＿＿＿＿＿＿＿＿＿＿＿＿＿＿＿＿＿＿＿＿＿＿＿＿＿＿＿＿＿＿＿。

④ この料理の作り方・簡単
→ ＿＿＿＿＿＿＿＿＿＿＿＿＿＿＿＿＿＿＿＿＿＿＿＿＿＿＿＿＿＿＿。

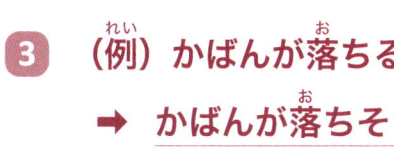

3 (例) かばんが落ちる
→ かばんが落ちそうです。

① 今年は早く花が咲く
→ _____。

② 服のボタンが取れる
→ _____。

③ まだ時間がかかる
→ _____。

④ 今年はこの商品が売れる
→ _____。

4 請用「～そうです」描述眼前人事物之樣貌。

① _____。
② _____。
③ _____。
④ _____。
⑤ _____。

第1課

四 本文(ほんぶん)　　MP3-03

陳(ちん)：　そのシュークリーム、おいしそうですね。食(た)べたいなあ。
田中(たなか)：　どうぞ、食(た)べてください。
陳(ちん)：　どれがいいかな。
田中(たなか)：　遠慮(えんりょ)しないで。たくさんありますから。
陳(ちん)：　じゃ、これ、いただきます。

> このコロッケは
> おいしそうです。

- 田中： お子さんの写真ですか。
- 鈴木： ええ、息子と娘です。
- 田中： 娘さんはまじめそうで、息子さんはとても元気そうですね。
- 鈴木： 息子はいたずらで、困ります。

第1課

- 陳　　：空が暗くなりましたね。
- 吉田　：ええ、雨が降りそうですね。
- 陳　　：最近、よく降りますね。傘を持っていますか。
- 吉田　：いいえ、持っていません。
- 陳　　：貸しましょうか。
- 吉田　：すみません、ありがとうございます。

このコロッケは
おいしそうです。

五 日語文化直播

杯子！杯子！杯子！

　　你的櫥櫃裡有幾個杯子？我喝水的時候會用小玻璃杯，喝奶茶的時候喜歡有厚度的陶杯，喝咖啡的時候用附帶小盤子的咖啡杯，還有個專門喝熱可可用的胖胖耶誕老人造型的杯子。玻璃杯、陶杯、咖啡杯、胖胖杯……在中文的世界裡，我們會將杯子依材質、用途、外觀來命名，而一般人生活中最常使用的馬克杯，則來自英語 mug 的音譯。

　　初級日語教材中也常出現各式各樣杯子相關的單字，比如「コップ」（杯子）、「グラス」（玻璃杯）、「コーヒーカップ」（咖啡杯）、「マグカップ」（馬克杯）……琳瑯滿目的杯子，看起來跟中文一樣，依據材質或用途或音譯區分，好像也不難理解。但是仔細再看，「コップ」是什麼樣的杯子？跟「カップ」有什麼不同？玻璃杯是「グラス」，譯自英語 glass，但為什麼玻璃卻是「ガラス」？

　　「コップ」是杯子的總稱，譯自荷蘭語 kop；「カップ」專指有把手的杯子，譯自英語 cup。所以咖啡杯、馬克杯的日語是取「～カップ」，比如紅茶杯便是「ティーカップ（tea cup）」。「グラス」是玻璃製的沒有把手的杯子，因為材質的關係，通常指喝冷水或冷飲的杯子，比如酒杯稱為「ワイングラス（wine glass）」。看到這裡，你是不是已經猜到「ガラス」的由來了呢？是的，玻璃的日語「ガラス」其實譯自荷蘭語 glas。

　　日語中有很多外來語，雖然大部分來自英語，但別忘了日本歷經鎖國時代後最早對外開放通商的國家多是歐洲國家，所以也不乏源自歐洲的外來語。如「アルバイト」（打工）來自德語 arbeit、「タバコ」（香菸）來自葡萄牙語 tabaco、「クレヨン」（蠟筆）來自法語 crayon，當然也有源自中文的外來語，如大家所熟悉的「ラーメン」（拉麵）和「チャーハン」（炒飯）。

メモ

2

私(わたし)は
オリンピック選手(せんしゅ)に
なりたいです。

第2課

一 単語 (たんご) MP3-04

#	假名	聲調	日文	詞性	中譯
01	ぶっか	0	物価	名	物價
02	まご	2	孫	名	孫子
03	オリンピックせんしゅ	7	オリンピック選手	名	奧運選手
04	りゅうがくせい	3	留学生	名	留學生
05	みんな	3	皆	名	皆、都、大家
06	しりょう	1	資料	名	資料
07	にほんごのうりょくしけん	9	日本語能力試験	名	日本語能力測驗
08	びょうき	0	病気	名	生病、病
09	そうさ	1	操作	名	操作
10	かちょう	0	課長	名	課長
11	はる	1	春	名	春、春天
12	かんごし	3	看護師	名	護理師
13	しんはつばい	3	新発売	名	新發售、新上市
14	アイスクリーム	5		名	冰淇淋
15	ティラミス	1		名	提拉米蘇
16	ヨーロッパ	3		名	歐洲
17	しょうらい	1	将来	名	將來

私は オリンピック
選手に なりたいです。

18	プロダンサー	③	名 職業舞蹈家、職業舞者
19	ため	②	名 為、益處、利益
20	ひび	① 日々	名 天天、每天
21	いがい	① 以外	名 ～以外、之外
22	ほうほう	⓪ 方法	名 方法
23	いっしょうけんめい	⑤ 一生懸命	名・形動 拚命
24	あじ	⓪ 味	名 滋味、味道
25	ねむい	⓪② 眠い	形 睏的、想睡的
26	うける	② 受ける	動・下一 接受
27	しらべる	③ 調べる	動・下一 調查、查詢
28	きたいする	⓪ 期待する	動・サ変 期待
29	きっと	⓪	副 一定
30	はじめて	②	副 初次、第一次
31	えんりょなく	④ 遠慮なく	連 不客氣

二 文型　　MP3-05

1 【形容詞く＋なる】

　　形容詞連用形く＋「なる」表示形容詞的變化。形容詞的「連用形」有兩種，其中之一是把形容詞語尾的「い」去掉，改成「く」，可連接動詞。

- 天気が　悪く　なりました。
- 物価が　高く　なりました。
- 孫が　大きく　なりました。

2 【形容動詞に＋なる】

　　形容動詞連用形に＋「なる」表示形容動詞的變化。形容動詞的「連用形」有三種，其中之一是把形容動詞語尾改成「に」，以連接動詞。

- 部屋が　きれいに　なりました。
- 買い物が　便利に　なりました。
- 最近、暇に　なりました。

> 私は オリンピック
> 選手に なりたいです。

3 【名詞＋に＋なる】

名詞＋助詞「に」＋「なる」表示「變化成為～」。

- 私は 大学生に なりました。
- 私は オリンピック選手に なりたいです。
- 夏休みに なって、留学生は みんな 国へ 帰りました。

4 【動詞＋てみる】

動詞連用形＋て＋補助動詞「みる」表示「嘗試做～」。

- 資料を よく 調べて みます。
- 先生に 話して みます。
- 日本の 歌を 歌って みます。
- 来年の 日本語能力試験を 受けて みます。

第2課

三 練習

1 （例）病気・いい
　→ 病気がよくなりました。

① 顔・赤い
　→ ＿＿＿＿＿＿＿＿＿＿＿＿＿＿＿＿＿＿＿＿＿＿＿＿＿＿＿＿。

② この店のケーキ・おいしい
　→ ＿＿＿＿＿＿＿＿＿＿＿＿＿＿＿＿＿＿＿＿＿＿＿＿＿＿＿＿。

③ 日本語の勉強・楽しい
　→ ＿＿＿＿＿＿＿＿＿＿＿＿＿＿＿＿＿＿＿＿＿＿＿＿＿＿＿＿。

④ 今、眠い
　→ ＿＿＿＿＿＿＿＿＿＿＿＿＿＿＿＿＿＿＿＿＿＿＿＿＿＿＿＿。

2 （例）体が丈夫だ
　→ 体が丈夫になりました。

① 操作が簡単だ
　→ ＿＿＿＿＿＿＿＿＿＿＿＿＿＿＿＿＿＿＿＿＿＿＿＿＿＿＿＿。

② おばあちゃんは元気だ
　→ ＿＿＿＿＿＿＿＿＿＿＿＿＿＿＿＿＿＿＿＿＿＿＿＿＿＿＿＿。

③ 林さんは日本語が上手だ
　→ ＿＿＿＿＿＿＿＿＿＿＿＿＿＿＿＿＿＿＿＿＿＿＿＿＿＿＿＿。

④ 夜は静かだ
　→ ＿＿＿＿＿＿＿＿＿＿＿＿＿＿＿＿＿＿＿＿＿＿＿＿＿＿＿＿。

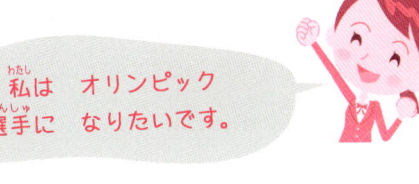

私は オリンピック選手に なりたいです。

3 （例）もう春だ
→ もう春になりました。

① もう十二時だ
→ ＿＿＿＿＿＿＿＿＿＿＿＿＿＿＿＿＿＿＿＿＿＿＿＿＿＿＿。

② 阿部さんは課長だ
→ ＿＿＿＿＿＿＿＿＿＿＿＿＿＿＿＿＿＿＿＿＿＿＿＿＿＿＿。

③ 私は二十歳だ
→ ＿＿＿＿＿＿＿＿＿＿＿＿＿＿＿＿＿＿＿＿＿＿＿＿＿＿＿。

④ 木村さんの娘さんは看護師だ
→ ＿＿＿＿＿＿＿＿＿＿＿＿＿＿＿＿＿＿＿＿＿＿＿＿＿＿＿。

4 （例）新発売のアイスクリーム・食べました
→ 新発売のアイスクリームを食べてみました。

① 日本の小説・読みませんか
→ ＿＿＿＿＿＿＿＿＿＿＿＿＿＿＿＿＿＿＿＿＿＿＿＿＿＿＿。

② ヨーロッパへ旅行・行きたいです
→ ＿＿＿＿＿＿＿＿＿＿＿＿＿＿＿＿＿＿＿＿＿＿＿＿＿＿＿。

③ あの素敵な人・会いたいです
→ ＿＿＿＿＿＿＿＿＿＿＿＿＿＿＿＿＿＿＿＿＿＿＿＿＿＿＿。

④ 台湾のタピオカミルクティーを飲んでください。
→ ＿＿＿＿＿＿＿＿＿＿＿＿＿＿＿＿＿＿＿＿＿＿＿＿＿＿＿。

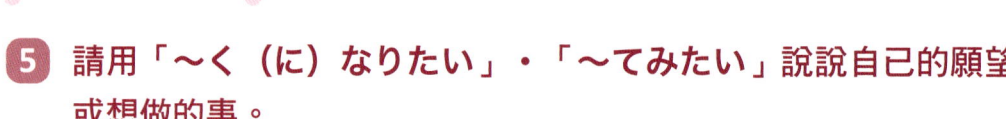

5 請用「～く（に）なりたい」・「～てみたい」說說自己的願望或想做的事。

① _____。

② _____。

③ _____。

④ _____。

⑤ _____。

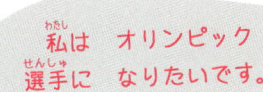

四 本文

MP3-06

呉　：　将来、何になりたいですか。
川村：　私はプロダンサーになりたいです。
呉　：　そのために何をしていますか。
川村：　日々の練習以外、方法はありません。
呉　：　そうですね。一生懸命練習してください。
　　　　きっと有名になりますよ。期待しています。

第2課

- 山田： このティラミス、林さんが作りましたか。
- 林　： ええ、はじめて作ってみました。
- 山田： おいしそうですね。
- 林　： あまりきれいではありません。でも、味は悪くないですよ。食べてみてください。
- 山田： そうですか。じゃ、遠慮なくいただきます。
- 林　： どうぞ。

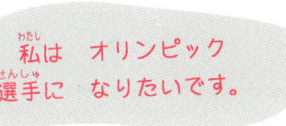

私は オリンピック選手に なりたいです。

五　日語文化直播

挨拶

　　「おはよう」（早安）、「こんにちは」（午安）、「こんばんは」（晚安）。這些打招呼用語，即使沒有學過日語的人，可能也聽過其中一兩句。但是學習日語到某個階段，眼尖的人可能發現到這些用語似乎不能算是個單字，但又好像也無法稱為句子？

　　如果把其中能轉換成漢字的部分標示出來，便是「お早う」、「今日は」，和「今晚は」。這樣看起來的確是跟早午晚相關的字句，但也更確定這些都不是單純的單字，也不是完整的句子。其實，多數打招呼用語本來是完整的句子，因為頻繁使用在日常生活中而逐漸省略了其中部分字句，變成一種慣用語。

　　一早出門遇到鄰居，可能相互說聲「お早いですね。」（你好早啊！），這就是早安的由來。「お早いです」的禮貌說法是「おはようございます」，省略之後便是「おはよう」。「ございます」是表示客氣態度的補助動詞，跟形容詞的連用形一起使用時，會產生「ウ音便」，也就是「はやく」變成「はやう」，而「やう」一般讀為「よう」，因此才形成「おはようございます」。

　　「こんにちは」（午安）和「こんばんは」（晚安），則可以從助詞「は」，察知這是省略了句子的後半部。原來的句子可能是「今日はいい天気ですね。」（今天天氣很好啊！）、「今日はどうですか。」（今天如何啊？）、「今晚はよい晚ですね。」（今晚是個美好的夜晚呢！）之類，切入對話的引導句。其他還有如「ただいま」（我回來了）是「ただいま帰りました。」（我剛回來了。）的省略；「さようなら」（再見）則是取自「さようならば、お別れしましょう。」（那麼，我們分道吧！）的前半部。

　　最後，我們來看看標題「挨拶」（打招呼）這個單字，可能有人以為「拶」是日本發明的漢字，其實這兩個漢字都取自中文，「挨」是靠近，「拶」是擠壓，一靠一擠，就形成一來一往的打招呼之意了。

メモ

③

みんな　まじめに
勉強(べんきょう)して います。

第3課

一 単語(たんご)　MP3-07

01	キッチン	①	名 廚房
02	ぎゅうどん	⓪ 牛丼	名 牛肉蓋飯
03	トマト	①	名 番茄
04	まっちゃ	⓪ 抹茶	名 抹茶
05	レモンティー	②	名 檸檬茶
06	ココア	① ②	名 可可
07	がっきゅういいん	⑤ 学級委員	名 班長
08	わすれもの	⓪ 忘れ物	名 遺失物、忘記帶走的物品
09	デジタルカメラ	⑤	名 數位相機
10	くち	⓪ 口	名 口、嘴
11	ゆうえんち	③ 遊園地	名 遊樂園
12	えがお	① 笑顔	名 笑容
13	おとしより	⓪ お年寄り	名 年長者、老人家
14	ネックレス	①	名 項鍊
15	パスポート	③	名 護照
16	デート	①	名 約會
17	ちゅうもん	⓪ 注文	名 訂購、點餐

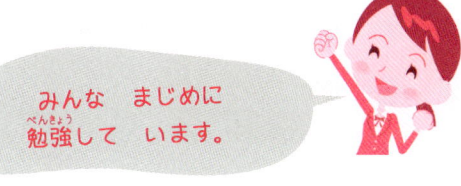

みんな まじめに 勉強して います。

18	おそい	⓪ 遅い	形 慢的、晚的
19	うすい	⓪ 薄い	形 薄的、淡的
20	くわしい	③ 詳しい	形 詳細的
21	くやしい	③ 悔しい	形 後悔的、懊惱的、不甘心的
22	しょうじき〔な〕	③ 正直〔な〕	形動 老實的、誠實的
23	ざんねん〔な〕	③ 残念〔な〕	形動 可惜的、遺憾的
24	こわす	② 壊す	動・五 損壞、破壞
25	なくす	⓪ 無くす	動・五 丟失、失去
26	こたえる	③② 答える	動・下一 回答
27	おくれる	⓪ 遅れる	動・下一 遲到、誤點、落伍
28	ねぼうする	⓪ 寝坊する	動・サ変 睡過頭、貪睡
29	ぜんぶ	① 全部	副 全部
30	もっと	①	副 更
31	それで	⓪	接續 那麼、然後呢
32	おきまりでしょうか	⑥	慣 決定了嗎
33	どうしましたか	①	慣 怎麼了

二 文型

1 【形容詞く＋動詞】

形容詞以連用形く，修飾後面的動詞。

▶ 部屋を 明るく します。
▶ 夕べ、遅く 寝ました。
▶ 子供に やさしく 話して います。

2 【形容動詞に＋動詞】

形容動詞以連用形に，修飾後面的動詞。

▶ 静かに して ください。
▶ キッチンを きれいに 掃除しました。
▶ みんな まじめに 勉強して います。
▶ 正直に 答えて ください。

> みんな まじめに
> 勉強して います。

3 【名詞＋に＋する】

名詞＋助詞「に」＋「する」表示「決定～」。

- 私は 牛丼に します。
- 学級委員は 加藤さんに しましょう。
- 飲み物は 何に しますか。

4 【～てしまう】

動詞連用形＋て＋補助動詞「しまう」表示動作完了，或表示動作後感到懊悔、不小心等「心理狀態的動作」。

- お弁当を 全部 食べて しまいました。
- 忘れ物を して しまいました。
- みんな 帰って しまいました。
- デジタルカメラを 壊して しまいました。

第3課

三 練習

1 （例）口・大きい・開けてください
→ 口を大きく開けてください。

① トマト・薄い・切りました
→ ＿＿＿＿＿＿＿＿＿＿＿＿＿＿＿＿＿＿＿＿＿＿＿＿＿＿＿＿＿。

② もっと・詳しい・説明します
→ ＿＿＿＿＿＿＿＿＿＿＿＿＿＿＿＿＿＿＿＿＿＿＿＿＿＿＿＿＿。

③ 遊園地・楽しい・遊んでいます
→ ＿＿＿＿＿＿＿＿＿＿＿＿＿＿＿＿＿＿＿＿＿＿＿＿＿＿＿＿＿。

2 （例）道・親切・教えました
→ 道を親切に教えました。

① 子供・絵・上手・かきました
→ ＿＿＿＿＿＿＿＿＿＿＿＿＿＿＿＿＿＿＿＿＿＿＿＿＿＿＿＿＿。

② 彼女の笑顔・みんな・幸せ・する
→ ＿＿＿＿＿＿＿＿＿＿＿＿＿＿＿＿＿＿＿＿＿＿＿＿＿＿＿＿＿。

③ お年寄り・大切・してください。
→ ＿＿＿＿＿＿＿＿＿＿＿＿＿＿＿＿＿＿＿＿＿＿＿＿＿＿＿＿＿。

> みんな まじめに 勉強して います。

3 （例）私・抹茶・する
→ <u>私は抹茶にします。</u>

① 帰り・来月・する
→ _____。

② 会議・月曜日・するか・水曜日・するか
→ _____。

③ 彼女のプレゼント・ネックレス・する
→ _____。

④ 飲み物・コーヒー・するか・紅茶・するか
→ _____。

4 （例）夕べ・この本・読む
→ <u>夕べ、この本を読んでしまいました。</u>

① けさ・寝坊する
→ _____。

② 大切なパスポート・なくす
→ _____。

③ 電車・傘・忘れる
→ _____。

④ きのう・デート・遅れる
→ _____。

第3課

四 本文(ほんぶん)

MP3-09

喫茶店(きっさてん)で

- ウェイター： ご注文(ちゅうもん)はお決(き)まりでしょうか。
- 加藤(かとう)： 中村(なかむら)さんは何(なに)を飲(の)みますか。
- 中村(なかむら)： 私(わたし)はレモンティーにします。加藤(かとう)さんは？
- 加藤(かとう)： じゃ、ココアをお願(ねが)いします。
- ウェイター： レモンティーとココアですね。かしこまりました。

みんな まじめに 勉強して います。

李　：悔しぃ〜。
村田：どうしましたか。
李　：先週日本へ行って、新しい傘を買いました。
村田：それで。
李　：さっき新幹線に忘れてしまいました。
村田：そうですか。それは残念ですね。

第 3 課

五 日語文化直播

まじ？

　　在動漫中經常可以見到「まじ？」這句說詞，從前後文來判斷，意思等同於「ほんと？」（真的嗎？）。過去曾一度被視為是年輕人的流行用語，不過近幾年來，不分年紀都能聽到大家將這個字頻繁掛在嘴上。

　　話雖如此，「まじ？」＝「ほんと？」的用法尚未獲得所有專家學者的認同，多數的字典也還查不到。即使收錄了，大約也只是簡單說明是從形容動詞「真面目」（認真的）簡略而來，並註明除了原有的字義之外，也有「真實的」之意，也就是現代流行的慣用字義。但是在日常對話裡，「まじ？」已經跳脫字典的陳述說明，不單只是詢問對方「你說的是真的嗎？」，而包含了更多對於對方所說的內容感到驚訝、無法置信的心情。

　　話說，「まじ」真的是現代流行語嗎？如果查日語古文字典，會發現「まじ」是一個古文助動詞，接在動詞後面，表示「不可能」的意思。雖然字義跟現代流行用語有點接近，但是助動詞轉變成形容動詞的可能性不大。再查查更大部頭的字典，比如小學館出版的《日本國語大辭典》，又發現「まじ」曾經有過名詞和形容動詞的用法。在目前已知的文獻中，「まじ」最早出現在 1781 年出版的小說《喵的事》（にゃんの事だ），當時似乎是戲曲舞台相關人士專用的業界用語。而在 1810 年所著的歌舞伎《當秋八幡祭》（当穐八幡祭）腳本中，已經可以看到「まじ」被使用在台詞對話裡：「まじな心を知りながら」（明知是認真的），也許字義不完全等同於現代用法，但也雖不中亦不遠矣了。而「まじめ」一詞也源自於江戶時代，如果有更多的文獻資料可以佐證，說不定「まじ」比「まじめ」更早出現，更遑論是現代年輕人的流行語了。

4

コーヒーを
飲みながら、
小説を 読んで
います。

第4課

一 単語(たんご)　　MP3-10

01	ホテル	①	名 旅館
02	かいぎ	① 会議	名 會議
03	やきとり	⓪ 焼き鳥	名 烤雞肉串
04	りょうりばんぐみ	④ 料理番組	名 烹飪節目
05	ハンカチ	③	名 手帕
06	りょうしん	① 両親	名 雙親
07	ことば	③ 言葉	名 話語、言語
08	ほか	⓪ 他	名 其他
09	さどう	① 茶道	名 茶道
10	けいこ	① 稽古	名 練習、修習
11	ぶんか	① 文化	名 文化
12	しゅみ	① 趣味	名 嗜好
13	ほんとう	⓪ 本当	名 真的
14	つごう	⓪ 都合	名 情況、時間上方便與否
15	さびしい	③ 寂しい	形 寂寞的、難過的、冷清的
16	あるく	② 歩く	動・五 步行、走
17	かよう	⓪ 通う	動・五 通學、通勤

> コーヒーを 飲みながら、小説を 読んで います。

18	みおくる	⓪ 見送る	動・五 送行、目送
19	おく	⓪ 置く	動・五 放置
20	たつ	① 経つ	動・五 （時間）經過
21	やる	⓪	動・五 做
22	たのしむ	③ 楽しむ	動・五 享受、以～為樂
23	おぼえる	③ 覚える	動・下一 記住、領會
24	かんがえる	④③ 考える	動・下一 思考、考慮
25	ふれる	⓪ 触れる	動・下一 接觸、觸及
26	じゅうでんする	⓪ 充電する	動・サ変 充電
27	しようする	⓪ 使用する	動・サ変 使用
28	よやくする	⓪ 予約する	動・サ変 預約
29	よういする	① 用意する	動・サ変 準備
30	うんてんする	⓪ 運転する	動・サ変 駕駛
31	しっかり	③	副 著實地、好好地、牢牢地
32	そんなに	⓪	副 那麼地
33	おせわに なりました	お世話に なりました	慣 承蒙照顧

第4課

二 文型　MP3-11

1 【～ながら】

　　動詞連用形＋助詞「ながら」，再接續另一個動詞，表示兩個動作同時進行，是「一邊～一邊～」的意思。一般後面動作為主要的動作。

- 音楽を　聞きながら、勉強します。
- 歌を　歌いながら、お風呂に　入ります。
- コーヒーを　飲みながら、小説を　読んで　います。
- 充電しながら、携帯電話を　使用しては　いけません。

2 【～に行く／来る／帰る】

　　動詞連用形＋助詞「に」＋移動性動詞「行く／来る／帰る」，表示「為～目的去／來／回」。

- 明日、友達の　うちへ　遊びに　行きます。
- 映画を　見に　行きませんか。
- あなたは　何を　しに　来ましたか。
- 国へ　両親に　会いに　帰ります。

> コーヒーを 飲みながら、小説を 読んで います。

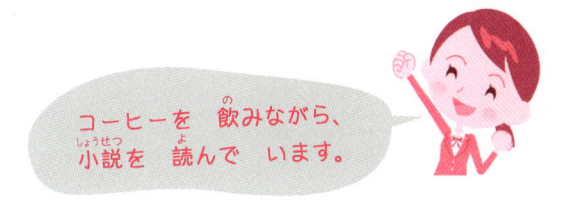

3 【〜ておく】

動詞連用形＋「て」＋補助動詞「おく」，表示「事先、預先〜、先做好〜」。

- ホテルを 予約して おきます。
- ケーキと 紅茶を 用意して おきました。
- 部長に 会議の 時間を 聞いて おいて ください。
- お茶を 入れて おきました。

第4課

三 練習

1 (例) 父・焼き鳥を食べる・ビールを飲む
➡ 父は焼き鳥を食べながら、ビールを飲みます。

❶ 先生と話す・歩く
➡ ＿＿＿＿＿＿＿＿＿＿＿＿＿＿＿＿＿＿＿＿＿＿＿＿＿＿＿＿＿＿＿＿。

❷ 彼・アルバイトをする・学校に通っている
➡ ＿＿＿＿＿＿＿＿＿＿＿＿＿＿＿＿＿＿＿＿＿＿＿＿＿＿＿＿＿＿＿＿。

❸ 料理番組を見る・料理を作ってみた
➡ ＿＿＿＿＿＿＿＿＿＿＿＿＿＿＿＿＿＿＿＿＿＿＿＿＿＿＿＿＿＿＿＿。

❹ 携帯電話で話す・運転してはいけない
➡ ＿＿＿＿＿＿＿＿＿＿＿＿＿＿＿＿＿＿＿＿＿＿＿＿＿＿＿＿＿＿＿＿。

2 (例) デパート・ハンカチを買う・行きます
➡ デパートへハンカチを買いに行きます。

❶ 家・財布を取る・帰りました
➡ ＿＿＿＿＿＿＿＿＿＿＿＿＿＿＿＿＿＿＿＿＿＿＿＿＿＿＿＿＿＿＿＿。

❷ 去年・淡水・日本語を勉強する・来ました
➡ ＿＿＿＿＿＿＿＿＿＿＿＿＿＿＿＿＿＿＿＿＿＿＿＿＿＿＿＿＿＿＿＿。

❸ 東京・彼女に会う・行きたいです
➡ ＿＿＿＿＿＿＿＿＿＿＿＿＿＿＿＿＿＿＿＿＿＿＿＿＿＿＿＿＿＿＿＿。

❹ 午後・空港・両親を見送る・行きました
➡ ＿＿＿＿＿＿＿＿＿＿＿＿＿＿＿＿＿＿＿＿＿＿＿＿＿＿＿＿＿＿＿＿。

> コーヒーを 飲みながら、小説を 読んで います。

3 (例) 来週の木曜日、試験があります・勉強してください
　→ 来週の木曜日、試験がありますから、勉強しておいてください。

① 今晩、友達が来ます・ビールを買いました。
　→ ＿＿＿＿＿＿＿＿＿＿＿＿＿＿＿＿＿＿＿＿＿＿＿＿＿＿＿＿＿＿。

② 明日読みます・その資料をそこに置いてください
　→ ＿＿＿＿＿＿＿＿＿＿＿＿＿＿＿＿＿＿＿＿＿＿＿＿＿＿＿＿＿＿。

③ 留学の前に簡単なことばを覚えましょう
　→ ＿＿＿＿＿＿＿＿＿＿＿＿＿＿＿＿＿＿＿＿＿＿＿＿＿＿＿＿＿＿。

④ この歌は難しいです・家でしっかり練習します
　→ ＿＿＿＿＿＿＿＿＿＿＿＿＿＿＿＿＿＿＿＿＿＿＿＿＿＿＿＿＿＿。

⑤ このことを次の会議までに考えてください
　→ ＿＿＿＿＿＿＿＿＿＿＿＿＿＿＿＿＿＿＿＿＿＿＿＿＿＿＿＿＿＿。

4 週末要在家中舉辦派對，要先做好什麼呢？請用「～ておきます」回答。

① ＿＿＿＿＿＿＿＿＿＿＿＿＿＿＿＿＿＿＿＿＿＿＿＿＿＿＿＿＿＿＿＿＿＿＿。

② ＿＿＿＿＿＿＿＿＿＿＿＿＿＿＿＿＿＿＿＿＿＿＿＿＿＿＿＿＿＿＿＿＿＿＿。

③ ＿＿＿＿＿＿＿＿＿＿＿＿＿＿＿＿＿＿＿＿＿＿＿＿＿＿＿＿＿＿＿＿＿＿＿。

④ ＿＿＿＿＿＿＿＿＿＿＿＿＿＿＿＿＿＿＿＿＿＿＿＿＿＿＿＿＿＿＿＿＿＿＿。

⑤ ＿＿＿＿＿＿＿＿＿＿＿＿＿＿＿＿＿＿＿＿＿＿＿＿＿＿＿＿＿＿＿＿＿＿＿。

第4課

四 本文

中村： 郭さんは日本に来て、もう何年になりましたか。
郭　： そうですね。今年は3年目です。
中村： もうそんなになりますか。時間が経つのは早いですね。
郭　： ほんとうに早いですね。
中村： 勉強のほかに、何かやっていますか。
郭　： ええ、茶道の稽古をしています。
　　　 お茶を楽しみながら、日本の文化に触れます。
中村： へえ、いい趣味ですね。

> コーヒーを 飲みながら、小説を 読んで います。

楊　：来月、国へ帰ります。
三田：本当ですか。寂しくなりますね。
楊　：私も。ほんとうに皆さんにお世話になりました。
三田：いいえ。じゃ、送別会をやりましょう。
楊　：ありがとうございます。
三田：今晩、家へ帰って、みんなの都合を聞いておきます。それから、レストランも予約しておきます。
楊　：すみません。お願いします。

第4課

五　日語文化直播

伸縮自如的日語

　　第一次在日本街頭看到「焼き鳥」的招牌時，著實嚇了一跳。雖然台灣也有烤斑鳩之類的餐點，但是沒想到日本人也愛吃飛禽。後來知道原來是指烤雞，才又恍然大悟雞也是鳥類啊。

　　日語詞彙的字義彈性很大，用「鳥」（鳥）代替指稱「ニワトリ」（雞），是縮小了原來的字義。而比如「先生」是教師之意，但是在使用上經常放大其字義，包含醫生、律師、政治家、小説家等具有社會身分地位的人，也會稱其「先生」表示尊敬，不過也可能是為了嘲諷。又比如「かみ」是高處之意，可引申為天皇、君主、政府、上位者，這是提升原本字義價值的用法；日式旅館的老闆娘稱為「女将」，也源自於此。相反地，也有降低原字義價值的用法，如「お前」或「貴様」便是從對上位者的尊稱變成對平輩或晚輩的稱呼，甚至常被用在怒吼責罵他人時的第二人稱。

　　相信你也曾經使用過這類字義伸縮自如的措辭，比如跟同學討論某某老師的課「很甜」，或説某某老師愛説「冷」笑話，我猜想這樣的中文說法應該都來自日語。在日語中，表示分數打得很鬆是「点が甘い」，直譯就是分數很甜；笑話很冷則是「ジョークが寒い」，翻成中文也是笑話很冷，在學術領域上稱這樣的字義變化為感覺的移轉。

　　話說，我覺得日語中表示能輕鬆賺錢打工的説法很可愛，「おいしいアルバイト」（好吃的打工），不知是否有朝一日也會傳進中文社會呢？

5

危(あぶ)ないですから、
この道(みち)を
通(とお)らないで
ください。

第5課

一 単語 （たんご）　MP3-13

01	ろうか	⓪ 廊下	名 走廊
02	けっこんしき	③ 結婚式	名 婚禮
03	どうりょう	⓪ 同僚	名 同事、同仁
04	りようじょう	⓪ 利用上	名 使用上
05	ちゅういじこう	④ 注意事項	名 注意事項
06	みずぎ	⓪ 水着	名 泳裝、泳衣
07	すいえいぼうし	⑤ 水泳帽子	名 泳帽
08	じゅんびたいそう	④ 準備体操	名 預備操、暖身操
09	まわり	⓪ 周り	名 周圍、四周
10	たいちょう	⓪ 体調	名 身體狀況、健康狀況
11	あぶない	⓪ ③ 危ない	形 危險的
12	かわいい	③ 可愛い	形 可愛的、心愛的
13	へん〔な〕	① 変〔な〕	形動 奇怪的、不尋常的
14	いや〔な〕	② 嫌〔な〕	形動 厭惡的、不愉快的
15	がんばる	③ 頑張る	動・五 努力、加油
16	まつ	① 待つ	動・五 等、等待
17	しぬ	⓪ 死ぬ	動・五 死亡、身故

危ないですから、この道を通らないで ください。

18	はしる	② 走る	動・五 跑、奔跑、奔馳
19	とおる	① 通る	動・五 通過、經過
20	とめる	⓪ 止める、停める	動・下一 停下、停住、停(車)
21	やめる	⓪ 辞める	動・下一 辭職
22	おじゃまする	⓪ お邪魔する	動・サ変 妨礙、阻礙、打擾、拜訪
23	しゅっせきする	⓪ 出席する	動・サ変 出席、參加
24	いんしょくする	⓪ 飲食する	動・サ変 飲食
25	ちゃくようする	⓪ 着用する	動・サ変 著裝、配戴
26	がまんする	① 我慢する	動・サ変 忍住、忍耐
27	かならず	⓪ 必ず	副 一定、務必

第5課

第5課

二 文型　　MP3-14

1 【～ないでください】

動詞未然形＋助動詞「ない」＋「でください」，表示「請不要～」。

- 廊下で　遊ばないで　ください。
- ここで　タバコを　吸わないで　ください。
- うちの　前に　バイクを　停めないで　ください。

2 【～ないほうがいいです】

動詞未然形＋「ないほうがいいです」，有勸告、建議之意，表示「不要～比較好」。

- 彼女に　話さない　ほうが　いいです。
- 遅いですから、お邪魔しない　ほうが　いいです。
- お酒を　たくさん　飲まない　ほうが　いいです。

> 危ないですから、この道を通らないでください。

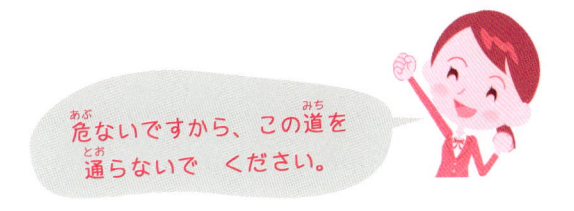

3 【～なければなりません】

動詞未然形＋「なければなりません」，表示「不～不行、必須～」。

- 休みの 日も 早く 起きなければ なりません。
- 両親に 正直に 話さなければ なりません。
- 親友の 結婚式に 出席しなければ なりません。
- 子供の ために、もっと 頑張らなければ なりません。

第5課

三 練習

1 參考範例完成下表。

買う	買わない	聞く	聞かない
壊す		待つ	
死ぬ		遊ぶ	
休む		走る	
いる		教える	
する		来る	

2 （例）仕事を辞めます
  ➡ 仕事を辞めないでください。

❶ 変なことを言います
  ➡ ＿＿＿＿＿＿＿＿＿＿＿＿＿＿＿＿＿＿＿＿＿。

❷ 答えは鉛筆で書きます
  ➡ ＿＿＿＿＿＿＿＿＿＿＿＿＿＿＿＿＿＿＿＿＿。

❸ 授業に遅刻します
  ➡ ＿＿＿＿＿＿＿＿＿＿＿＿＿＿＿＿＿＿＿＿＿。

❹ 危ないですから、この道を通ります
  ➡ ＿＿＿＿＿＿＿＿＿＿＿＿＿＿＿＿＿＿＿＿＿。

> 危ないですから、この道を通らないでください。

3 (例) 彼女の誕生日です・友達と出かけません
→ 彼女の誕生日ですから、友達と出かけないほうがいいです。

① 高いです・買いません
→ _____。

② 同僚が忙しいです・会社を休みません
→ _____。

③ この魚はあまり新鮮ではありません・食べません
→ _____。

4 (例) 金曜日までにレポートを出します。
→ 金曜日までにレポートを出さなければなりません。

① 父は台風でも出かけます。
→ _____。

② テストがありますから、今晩家に帰って勉強します
→ _____。

③ 将来のために、今は我慢します
→ _____。

第5課

5 請用「〜ないほうがいいです」或「〜なければなりません」完成下列句子。

① 体調が悪いときは、＿＿＿＿＿＿＿＿＿＿＿＿＿＿＿＿＿＿＿＿＿。

② お金がないときは、＿＿＿＿＿＿＿＿＿＿＿＿＿＿＿＿＿＿＿＿＿。

③ 会社を休みたいときは、＿＿＿＿＿＿＿＿＿＿＿＿＿＿＿＿＿。

④ テストのときは、＿＿＿＿＿＿＿＿＿＿＿＿＿＿＿＿＿＿＿＿＿。

⑤ 旅行のときは、＿＿＿＿＿＿＿＿＿＿＿＿＿＿＿＿＿＿＿＿＿。

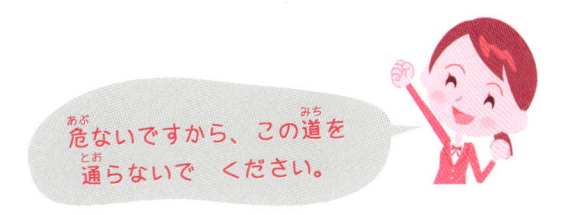

> 危ないですから、この道を通らないでください。

四 本文

MP3-15

プール利用上の注意事項

・必ず水着・水泳帽子を着用してください。
・必ず準備体操をしてください。
・体を洗ってから、プールに入りましょう。
・プールの周りを走らないでください。
・プールの周りで飲食しないでください。
・体調が悪いとき、プールに入らないでください。

第5課

食堂で

- 山田： ああ、いやだ。
- 木村： どうしましたか。
- 山田： このごろ部長がうるさくて、大変です。会社を辞めたいです。
- 木村： 会社を辞めて、どうしますか。娘さんはまだ小さいでしょう。
- 山田： でも……。
- 木村： 仕事を辞めないほうがいいですよ。
- 山田： そうですね。かわいい娘のためにも、自分のためにも、今は我慢して仕事をしなければなりませんね。

> 危ないですから、この道を通らないで ください。

五 日語文化直播

「こども」是單數還是複數？

　　看過幾本不同的日語教材，對於「こども」（小孩）這個字，有的標示為「子ども」，也有的標示為「子供」。「供」並不是很難的漢字，也被列在日本政府所制定的「常用漢字表」（常用漢字表＊）中，為什麼要刻意避開不用呢？

　　我們來想想「供」的用法。常見的有如這樣例句：「社長のお供で大阪へ出張します。」（隨著社長去大阪出差。）、「あそこまでお供しましょう。」（我陪您到那裡吧。）。「供」是隨從、使者之意，所以上述例句，基本上是基於說話者認定自己站在必須遵從上位者的附屬地位而言。日常生活中也常慣用「ご飯のお供」、「お茶のお供」來表示搭配白飯的小菜或是喝茶的點心，也是一種配角的概念。這就是有些人不喜歡使用漢字寫成「子供」的原因，因為不希望將小孩子當成附屬品來看待。

　　再來看看「こども」的原始字義。「こども」一詞，可以追溯到成書於8世紀左右的日本詩歌集《萬葉集》。當時的詩歌使用漢字發音來表達日語，將「こども」寫成「胡藤母」，「こ」是小孩，「ども」則是表示複數的接尾語，所以「こども」原來指的是一位以上的小孩。但是在現代日語中，我們將「こども」視為一個統稱，並不特別意識單複數，比如「子どもが一人で遊んでいます。」（小孩一個人在玩。）、「幼稚園の子どもが5人います。」（有5位幼稚園小朋友。）。並且，有趣的是，當要明確表達複數的時候，則用「子どもたち」（小孩子們），也就是再加上了一個表示複數的接尾語「たち」，萬葉詩人一定覺得現代人在畫蛇添足吧……。

＊ 常用漢字表明訂2136個漢字以及4388個發音，認定其為一般公文、報章雜誌、廣播等的文字使用基準，也規定中小學義務教育的教科書原則上不使用漢字表以外的漢字。

メモ

6

日本人(にほんじん)と
日本語(にほんご)で
話(はな)す ことが
できますか。

第6課

一 単語
たんご

MP3-16

01	めんせつしけん	⑤⑥ 面接試験	名 面試
02	ひっきしけん	④⑤ 筆記試験	名 筆試
03	ついしけん	③④ 追試験	名 補考
04	おおぜい	③ 大勢	名 許多、人多
05	クルーズせん	⓪ クルーズ船	名 豪華郵輪
06	ジム	①	名 健身中心
07	わかもの	⓪ 若者	名 年輕人
08	かいいん	⓪ 会員	名 會員
09	わりびき	⓪ 割引	名 打折、折扣
10	とくべつキャンペーン	⑦ 特別キャンペーン	名 促銷活動
11	ひえしょう	③ 冷え性	名 常手腳冰冷
12	こうけつあつ	③④ 高血圧	名 高血壓
13	しぜんしょくひん	④ 自然食品	名 天然食品
14	じんこうしょくひん	⑤ 人工食品	名 加工食品
15	きゅうか	⓪ 休暇	名 休假
16	かんこうきゃく	③ 観光客	名 觀光客
17	めんせき	① 面積	名 面積

> 日本人と 日本語で 話す ことが できますか。

#	単語	アクセント	品詞	意味
18	せいかく	⓪ 性格	名	個性
19	きらく〔な〕	⓪ 気楽〔な〕	形動	輕鬆自在的
20	けんこうてき〔な〕	⓪ 健康的〔な〕	形動	健康的
21	ゆたか〔な〕	① 豊か〔な〕	形動	富裕的、豐富的
22	ふえる	② 増える	動・下一	増加
23	きんちょうする	⓪ 緊張する	動・サ変	緊張
24	かいわする	⓪ 会話する	動・サ変	對話、會話
25	スピーチする	②	動・サ変	演講、發表談話
26	プレゼンテーションする	⑤	動・サ変	簡報
27	りょうがえする	⓪ 両替する	動・サ変	匯兌、換錢
28	ながいきする	③ 長生きする	動・サ変	長壽
29	とくする	⓪ 得する	動・サ変	獲利、賺到
30	そんする	① 損する	動・サ変	損失、虧損
31	しかも	②	接續	而且

第 6 課

二 文型　MP3-17

1【動詞＋名詞】

動詞連體形＋名詞，表示該動詞當作修飾語來修飾後面的名詞。

- 面接試験を　受ける　日の　朝は、緊張します。
- 休暇を　楽しむ　人が　大勢　います。
- 損する　ことは　得する　ことです。

2【動詞＋ことができる】

「動詞連體形＋ことができる」，表示有能力或可以做某事。「動詞連體形＋ことができません」，則表示沒有能力或不可以做某事。

- 王さんは　日本語で　プレゼンテーションする　ことが　できます。
- 陳さんは　大勢の　人の　前で、日本語を　話す　ことが　できません。
- 一人で　日本の　新幹線に　乗る　ことが　できます。

> 日本人と 日本語で 話す ことが できますか。

3 【AよりBのほうが＋形容詞／形容動詞】

「AはBより〜」是日文比較級的用法，中文翻譯是「A比B〜」。「BよりAのほうが〜」也是比較級的用法，中文翻譯是「比起B，A比較〜」，有時「Bより」會被省略掉，此時就要翻譯成「A比較〜」。

- 飛行機は クルーズ船より 速いです。
- 自然食品は 人工食品より 健康的です。
- 面接試験は 筆記試験より 難しいです。
- アメリカより 台湾の ほうが 好きです。

第6課

三 練習

1 （例）ジムに通っている・若者・大勢いる
　→ ジムに通っている若者が大勢います。

① 高血圧になる・現代人・毎年増えている
　→ _____。

② 台湾に来る・観光客・多い
　→ _____。

③ 追試験を受ける・学生・少なくなる
　→ _____。

2 （例）日本語で・手紙を書く
　→ 日本語で手紙を書くことができます。

① 日本人と・日本語で・会話する
　→ _____。

② 会員・特別キャンペーンで・割引する
　→ _____。

③ 外国人・銀行で・両替する
　→ _____。

日本人と 日本語で 話す ことが できますか。

3 (例) 姉・私・冷え性
　→ 私より姉のほうが冷え性です。

① 人工食品・自然食品・安い
　→ ＿＿＿＿＿＿＿＿＿＿＿＿＿＿＿＿＿＿＿＿＿＿＿＿＿＿＿＿＿。

② 休暇・仕事・気楽
　→ ＿＿＿＿＿＿＿＿＿＿＿＿＿＿＿＿＿＿＿＿＿＿＿＿＿＿＿＿＿。

③ 夏休み・春休み・長い
　→ ＿＿＿＿＿＿＿＿＿＿＿＿＿＿＿＿＿＿＿＿＿＿＿＿＿＿＿＿＿。

4 請用「することができます」或「することができません」描述會的事或不會的事。

① ＿＿＿＿＿＿＿＿＿＿＿＿＿＿＿＿＿＿＿＿＿＿＿＿＿＿＿＿＿。

② ＿＿＿＿＿＿＿＿＿＿＿＿＿＿＿＿＿＿＿＿＿＿＿＿＿＿＿＿＿。

③ ＿＿＿＿＿＿＿＿＿＿＿＿＿＿＿＿＿＿＿＿＿＿＿＿＿＿＿＿＿。

④ ＿＿＿＿＿＿＿＿＿＿＿＿＿＿＿＿＿＿＿＿＿＿＿＿＿＿＿＿＿。

⑤ ＿＿＿＿＿＿＿＿＿＿＿＿＿＿＿＿＿＿＿＿＿＿＿＿＿＿＿＿＿。

第6課

第6課

四 本文

MP3-18

ジムの前で

吉田： 最近、ジムに通っている若者が増えていますね。

田中： 私もよく通っています。
　　　でも、明日、追試験がありますから、今日は行くことができません。

吉田： そうですか。追試験、頑張ってください。

田中： はい、頑張ります。

日本人と　日本語で　話す　ことが　できますか。

テレビを見ているとき

陳　：　アメリカは人口が多くて、文化も多様ですね。
鈴木：　そうですね。でも私はアメリカより台湾のほうが好きです。
陳　：　どうしてですか。
鈴木：　日本語を話すことができる台湾人が多いからです。
　　　　しかも、日本人より台湾人と話したほうが気楽です。
陳　：　私は日本人と話したほうが楽しいです。

第 6 課

五 日語文化直播

去一下下就回來

　　常常聽到這樣的對話：「你要去哪？」「去一下超商，馬上回來。」如果便利商店就在住處巷弄的轉角，可能 10 分鐘左右就回來了。但是如果要過馬路，走幾個路口，那可能要花上 2、30 分鐘。每個人對「一下子」的時間感受不一定相同。

　　日語中，與時間有關的詞彙比中文多，所以在翻譯時經常會覺得中文能對應的詞彙不太夠，比如「昔」、「以前」、「かつて」、「過去」都是從前，「最近」、「この頃」、「この間」、「近頃」都是最近。但是依據個人對時間長短的認知以及當下的情境，這些詞彙的使用範圍可能變得更廣也更主觀。而也有些詞彙的狹義字義有特殊的使用場合，如「昔」多半指很久以前，幾乎相當中文的「古時候」，常用在童話故事的開頭：「むかし、むかし……」（從前，從前……）；又如「以前」（以前）常用於指稱某個時代以前，或某個時間點以前，如「明治以前」（明治時代以前）、「3月3日以前」（3月3日以前）。

　　回到前面說的「一下子」，在字義上或語感上，都相當接近日語的「ちょっと」。「ちょっとコンビニへ」（去一下超商）、「消しゴム、ちょっと貸して」（橡皮擦借我一下）、「ちょっと待ってて」（稍等一下），在描述時間上，只要碰到「ちょっと」翻成「一下」就對了。

　　不過，最近常聽到把「ちょっと」換成「一瞬」（一瞬間）的講法。「一瞬いいですか？」說話者想表達的是可以耽擱一點時間嗎？但瞬間是眨眼之間的意思，所以依照常理來看，在說完這句話的同時，一瞬間已經結束了，聽話者根本也來不及回答好或不好。日常生活中存在很多像這樣破格的誇大比喻的用詞，但在未正式收錄字典之前，都還只能說是流行用語，並非普遍為人所認可。

7

たいぺい いちまるいち
台北１０１ビルに
のぼ
登った ことが

ありますか。

第 7 課

一 単語 （たんご）　MP3-19

01	ふじさん	① 富士山	名 富士山
02	ありさん	② 阿里山	名 阿里山
03	かんのんざん	③ 観音山	名 觀音山
04	ぎょくざん	② 玉山	名 玉山
05	やまのぼり	③ 山登り	名 爬山
06	シャインマスカット	⑥	名 麝香葡萄
07	つきみだんご	④ 月見団子	名 月見丸子
08	なつめそうせき	④ 夏目漱石	名 日本近代文豪夏目漱石
09	わがはいはねこである	⑥ 吾輩は猫である	名 小説名《我是貓》
10	むらかみはるき	⑤ 村上春樹	名 日本當代著名作家村上春樹
11	めいぶつ	① 名物	名 名產
12	れんぞくドラマ	⑤ 連続ドラマ	名 連續劇
13	ホラーえいが	④ ホラー映画	名 恐怖片
14	チャンピオン	①	名 冠軍
15	ダイエット	①	名 減肥
16	てんぼうだい	⓪ 展望台	名 眺望臺
17	しょしんしゃ	② 初心者	名 初學者

台北１０１ビルに登ったことがありますか。

18	りっぱ〔な〕	⓪ 立派〔な〕	形動 雄偉的、有為的、壯觀的
19	さそう	⓪ 誘う	動・五 邀、約
20	ながめる	③ 眺める	動・下一 眺望
21	つづける	⓪ 続ける	動・下一 持續
22	しっぱいする	⓪ 失敗する	動・サ変 失敗
23	せいこうする	⓪ 成功する	動・サ変 成功
24	ちょうせんする	⓪ 挑戦する	動・サ変 挑戰
25	ゆにゅうする	⓪ 輸入する	動・サ変 進口
26	ゆしゅつする	⓪ 輸出する	動・サ変 出口
27	ねばりづよく	④ 粘り強く	副 執著
28	ぜひとも	①	副 一定、務必
29	さっき	①	副 剛剛
30	このあいだ	⑤⓪	副 前不久、上次

第7課 台北１０１ビルに 登った ことが ありますか。 | 077

第 7 課

二 文型　MP3-20

1 【～た＋名詞】

動詞連用形＋助動詞「た」＋名詞，表示修飾名詞的動作已經完成。

- このりんごは、日本から　輸入した　名物です。
- この立派な　マンゴーは、台湾から　輸出した　ものです。
- 『吾輩は　猫である』は、夏目漱石が　書いた　有名な　小説です。

2 【～たことがある】

「動詞連用形＋助動詞た＋ことがある」表示曾經做過某事、有做過某事的經驗。但如果是「動詞連體形＋ことがある」，表示某動作或作用有時會發生。

- 学生時代、試験に　失敗した　ことが　あります。
- シャインマスカットを　一度も　食べた　ことが　ありません。
- 台北１０１ビルの　展望台に　上がった　ことが　ありますか。

> 台北１０１ビルに登ったことがありますか。

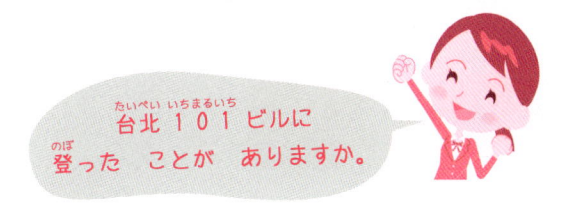

3 【〜たほうがいい／形容詞／形容動詞】

表示建議他人怎麼做比較好的意思，中文翻譯為「〜這樣做比較好」。

- 健康的な　自然食品を　食べた　ほうが　いいです。
- ダイエットを　粘り強く　続けた　ほうが　いいです。
- 台北から　高雄まで　台湾新幹線に　乗った　ほうが　速いです。

第 7 課

三 練習

1 練習動詞的過去式,請將正確答案填入空格中。

原形動詞	動詞＋過去式＋ことがあります
歌う	
書く	
貸す	
立つ	
泳ぐ	
呼ぶ	
飲む	
降る	
走る	
見る	
起きる	
勉強する	
来る	

> 台北１０１ビルに登ったことがありますか。

2 （例）日本から輸入する・シャインマスカット・おいしい
➡日本から輸入したシャインマスカットはおいしいです。

❶ 先週・読む・村上春樹の小説・面白かった
➡ _____。

❷ さっき・見る・連続ドラマ・つまらなかった
➡ _____。

❸ このあいだ・見る・ホラー映画・怖かった
➡ _____。

3 （例）家族と一緒に・観音山・登る
➡家族と一緒に観音山に登ったことがあります。

❶ 村上春樹の小説・読む
➡ _____。

❷ 観音山から・淡水河・眺める
➡ _____。

❸ チャンピオンに・挑戦する
➡ _____。

第7課

4 (例) この薬を飲む・いい
　→ この薬を飲んだほうがいいです。

① タクシーで行く・速い
　→ _____ 。

② 郵便で送る・いい
　→ _____ 。

③ マスクをつける・安全
　→ _____ 。

5 請用「〜たことがあります」描述曾經做過什麼事。

① _____ 。
② _____ 。
③ _____ 。
④ _____ 。
⑤ _____ 。

四 本文

台北１０１ビルに登ったことがありますか。

ロビーで

MP3-21

安藤：休みの日は、どのように過ごしていますか。
林　：健康のために、よく山登りに行きます。
安藤：そうですか。日本で一番高い富士山に登ったことがありますか。
林　：富士山に登ったことはありませんが、台湾の玉山に登ったことがあります。
安藤：すごいですね。私は体が丈夫ではないから、山登りをしたことがありません。
林　：そうですか。でも、若いうちによく運動したほうがいいですよ。淡水の観音山なら、初心者でも登ることができますよ。
安藤：そうですか。ぜひ行ってみたいです。今度、誘ってください。

第 7 課

五　日語文化直播

日本的狗不會汪汪叫？

　　曾經在日本 NHK 電視台看過有關鳥類生態的節目，據說不同種類的鳥，雖然發出的叫聲不同，但是彼此理解內容並能相互溝通。也就是說，鳥兒不但會說鳥語，而且還懂得不同鳥種的語言！這麼說來，我們只要學會一種鳥語，就能跟各種鳥類溝通囉。只可惜，無論我們如何模仿動物或昆蟲的叫聲，似乎還是很難真正地與牠們對話。我猜想，或許是因為一般人的聽力與發音不夠準確，才無法真正學會蟲鳴鳥叫吧。

　　舉個例子，狗的叫聲，中文會寫成「汪汪」，日語則是「わんわん」，都是利用自己的語言去模仿耳朵聽到的聲音，中文稱為擬聲詞或狀聲詞，日語稱為「擬音語（ぎおんご）」，兩種語言都很接近我們一般聽到的狗叫聲。可是追溯歷史，「汪汪」早在中國金代的《董解元西廂記諸宮調》中已經可見，而「わんわん」則一直到日本江戶時代才開始成為狗叫聲的代表，在那之前的文獻記載是「びょびょ」或「びょうびょう」，聽起來一點狗兒味也沒有。

　　不過貓的叫聲倒是大家有志一同，中文多用「喵喵」，日語則是「にゃんにゃん」或「にゃーにゃー」，聽起來都很接近實際的貓的叫聲。日語中兩種擬聲詞的差異在貓咪的大小，夏目漱石的經典名作《我是貓》的開頭寫道：「吾輩（わがはい）は猫（ねこ）である。名前（なまえ）はまだ無（な）い。どこで生（う）れたかとんと見当（けんとう）がつかぬ。何（なん）でも薄暗（うすぐら）いじめじめした所（ところ）でニャーニャー泣（な）いていた事（こと）だけは記憶（きおく）している。」（我是貓。還沒有名字。我不知道自己出生在哪。只記得在一個陰暗潮濕的地方喵喵地哭。）。由此也可得知，「にゃーにゃー」指的是幼貓的叫聲，不過現代人大部分不如此細分，一看到貓兒們就萌起來叫「にゃーにゃー」。但是啊，有研究顯示，貓咪是依據眼前的動作和氣味來辨識周遭環境，所以無論你學貓叫學得如何逼真，貓咪會走近你，完全只因為你手上的貓罐頭啊……！

8

観音山（かんのんざん）が
見（み）えたり
見（み）えなかったり
します。

第8課

一 単語(たんご) MP3-22

01	**ひゃくとおばん**	③ 110番	名 110 緊急報案專線
02	**ひゃくじゅうきゅうばん**	⑤ 119番	名 119 緊急報案專線
03	**きゅうきゅうしゃ**	③ 救急車	名 救護車
04	**じこ**	① 事故	名 事件、車禍
05	**かじ**	① 火事	名 火災
06	**きんがく**	⓪ 金額	名 金額
07	**おおごと**	⓪ 大事	名 事態嚴重、重大事件
08	**ショッピングモール**	⑥	名 購物中心
09	**おしょうがつ**	⓪ お正月	名 過年、新年
10	**れんきゅう**	⓪ 連休	名 連假
11	**おぼん**	② お盆	名 盂蘭盆節
12	**おはかまいり**	④ お墓参り	名 掃墓
13	**ふるさと**	② 古里	名 老家、故鄉
14	**しんせき**	⓪ 親戚	名 親戚
15	**みまん**	① 未満	名 未滿
16	**むりょう**	⓪ 無料	名 免費
17	**やちん**	① 家賃	名 房租

> 観音山が 見えたり 見えなかったり します。

18	うん	① 運	名 運氣
19	がめん	①⓪ 画面	名 畫面
20	わらう	⓪ 笑う	動・五 笑
21	おす	⓪ 押す	動・五 按下、推擠
22	かす	⓪ 貸す	動・五 借出
23	よぶ	⓪ 呼ぶ	動・五 呼叫
24	おきる	② 起きる	動・上一 起床、起來
25	かりる	⓪ 借りる	動・上一 借入
26	みえる	② 見える	動・下一 看得到
27	まちがえる	③④ 間違える	動・下一 犯錯、弄錯
28	やせる	⓪ 痩せる	動・下一 瘦
29	いねむりする	③ 居眠りする	動・サ変 打瞌睡
30	げんりょうする	⓪ 減量する	動・サ変 減量
31	れんらくする	⓪ 連絡する	動・サ変 聯絡
32	よろしくつたえる	⓪ よろしく伝える	慣 問候

第 8 課

二 文型　　　MP3-23

1 【～たり～たりする】

　　「動詞連用形＋たり＋動詞連用形＋たり＋する」，表示動作或情況的列舉。如果連接兩個動詞則表示兩個動作的列舉，動作之間並無時間的前後順序。另外，名詞的列舉為「～や～など」，不要與此用法混淆。另，例如提到天氣忽冷忽熱，也可以說「寒かったり暑かったりします」。這是用形容詞表達的情況。

- 日本に　親戚が　いますので、よく　日本と　台湾を　行ったり　来たり　します。
- 会議中だから、出たり　入ったり　しないで　ください。
- 日曜日に、よく　買い物したり、洗濯したり　します。

2 【～たら】

　　「動詞連用形＋たら」是日文假定的表達方式，中文翻譯為「如果～」。如果是形容詞，則去掉「い」＋「かったら」；如果是形容動詞或名詞，則＋「だったら」。

- 火事に　なったら、すぐ　１１９番に　掛けて　ください。
- 金額を　間違えたら、大事に　なりますから、気を　つけて　ください。
- 電車に　乗って　忘れ物を　したら、駅員に　連絡して　ください。
- このりんごが　安かったら、買って　帰ります。
- 宜しかったら、来週　家へ　遊びに　来て　ください。

> 観音山が 見えたり 見えなかったり します。

三 練習

1 請根據不同的詞性，練習「たら」的用法，並請將正確答案填入空格中。

單字	後接續「たら」
（例）座る	座ったら
安い	
高い	
寝る	
出る	
入る	
行く	
来る	
歩く	
運動する	

第8課

2 (例) 飲む・食べる
→ 飲んだり食べたりします。

① 借りる・貸す
→ _____。

② 寒い・暑い
→ _____。

③ 見える・見えない
→ _____。

3 (例) 図書館へ行って何をしますか。（資料を調べる・本を借りる）
→ 図書館へ行って、資料を調べたり、本を借りたりします。

① お盆に古里へ帰って何をしますか。（お墓参りする・友達に会う）
→ _____。

② 連休に、何をしますか。（ショッピングモールで買い物する・食事する）
→ _____。

③ お正月にどのように過ごしましたか。（たくさん食べる・よく寝る）
→ _____。

> 観音山が 見えたり 見えなかったり します。

4 (例) 忙しい・連絡してください
→ 忙しかったら、連絡してください。

① 先生に会う・よろしく伝えてください。
→ ＿＿＿＿＿＿＿＿＿＿＿＿＿＿＿＿＿＿＿＿＿＿＿＿＿＿＿＿＿＿＿＿＿。

② 疲れる・休む
→ ＿＿＿＿＿＿＿＿＿＿＿＿＿＿＿＿＿＿＿＿＿＿＿＿＿＿＿＿＿＿＿＿＿。

③ 家が新しい・家賃が高くなる
→ ＿＿＿＿＿＿＿＿＿＿＿＿＿＿＿＿＿＿＿＿＿＿＿＿＿＿＿＿＿＿＿＿＿。

5 若遇到下面的問題，你會怎麼辦呢？

① 画面が出てこないです。どうしたらいいですか。
→ ＿＿＿＿＿＿＿＿＿＿＿＿＿＿＿＿＿＿＿＿＿＿＿＿＿＿＿＿＿＿＿＿＿。

② 痩せたいです。どうしたらいいですか。
→ ＿＿＿＿＿＿＿＿＿＿＿＿＿＿＿＿＿＿＿＿＿＿＿＿＿＿＿＿＿＿＿＿＿。

③ バスがなかなか来ません。どうしたらいいですか。
→ ＿＿＿＿＿＿＿＿＿＿＿＿＿＿＿＿＿＿＿＿＿＿＿＿＿＿＿＿＿＿＿＿＿。

第8課

四 本文

MP3-24

淡水駅の前で

- 西原： あれ、三井さんではないですか。お元気ですか。
- 三井： はい、元気です。西原さんはなぜ淡水へ来ましたか。
- 西原： ショッピングモールへ行って買い物したり、友達とお茶を飲んだりしました。ところで、ここは観音山がよく見えて、いい所ですね。
- 三井： 淡水の天気はよく変わるので、観音山は見えたり見えなかったりしますよ。今度淡水に来たら、ぜひ連絡してください。
- 西原： はい。次に淡水に来たら、必ず連絡します。

観音山が 見えたり 見えなかったり します。

星野： あっ、車の事故ですよ！どうしましょう。
吉田： １１０番で警察を呼んだほうがいいですね。
星野： 怪我人がいます。救急車も呼びましょう。
吉田： １１９番に掛けたら、救急車が来ますよ。
星野： あ、もう来ましたね。
吉田： ああ、よかった！

第8課

五　日語文化直播

日語 PERAPERA，肚子 PEKOPEKO

　　自古以來，許多文人就喜歡用疊字來形容事物的狀態，《詩經》裡有「桃之夭夭，灼灼其華」，杜甫寫下「風吹花片片，春動水茫茫」。日語中也用類似的手法來形容事物的樣態，稱為「擬態語」（狀態詞）。

　　當你不小心在日本人面前多秀了兩句日語，對方就會稱讚你：「日本語がペラペラですね。」（你的日語好流暢啊！）。在書店總會看到童書區掛著大大的綠色毛毛蟲，那是美國童話家艾瑞·卡爾的經典圖畫書《好餓的毛毛蟲》（The Very Hungry Caterpillar），日語翻成「はらぺこあおむし」，其中的「はらぺこ」是從「腹がペコペコだ。」（肚子好餓。）縮簡而來。

　　因為日語是表音文字，所以像這樣的狀態詞，還可以藉由聲音效果來做各式各樣的樣態變化。比如，「ぱくり」表示張大嘴巴一口咬食的樣子；「ぱくっ」也表示張大嘴巴吞食，但字尾加個促音後，提升了動作進行時的緊張感；而「ぱくぱく」則表示連續大大地開闔嘴巴，利用疊字增添動作的韻律感及臨場感。

　　此外，日語也會利用清音、濁音和半濁音來區別不同的動作狀態。如「はらはら」表示如花瓣、雪花、樹葉等輕薄的東西連續飛落；「ばらばら」形容稍大雨滴或如硬幣等有重量感地用力掉下來；「ぱらぱら」則是如鹽巴或小雨滴等散落的樣子。所以片片飛雪要用「雪がはらはらと舞い落ちる」，硬幣掉滿地是「硬貨がばらばらとこぼれる」，撒鹽則用「塩をぱらぱらと入れる」，差了兩個點點或一個圈圈，感受可就大不相同呢。

9

時間が
なければ、
タクシーで
行きます。

第9課

一 単語　MP3-25

01	ねんがじょう	⓪③ 年賀状	名 賀年片
02	わびじょう	⓪ 詫び状	名 道歉信
03	ちょきん	⓪ 貯金	名 存款
04	マフラー	①	名 圍巾
05	マスク	①	名 口罩
06	ひとごみ	⓪ 人ごみ	名 人潮、人山人海
07	タクシー	①	名 計程車
08	タクシーだい	⓪ タクシー代	名 計程車資
09	せいか	① 成果	名 成果
10	みやこ	⓪ 都	名 首都、都市
11	おきゃくさま	④ お客様	名 客人
12	ことわざ	⓪ 諺	名 慣用句、諺語
13	ぜいたく〔な〕	③④ 贅沢〔な〕	形動・名 奢侈的
14	じゅうぶん〔な〕	③ 十分〔な〕	形動 足夠的、充分的
15	あやまる	③ 謝る	動・五 道歉
16	はらう	② 払う	動・五 支付
17	みのる	② 実る	動・五 開花結果、結實

時間が なければ、タクシーで 行きます。

18	**くらす**	⓪ 暮らす	動・五 生活
19	**きりかえる**	③④⓪ 切り替える	動・下一 轉換
20	**しょうちする**	⓪ 承知する	動・サ変 同意、了解
21	**クリックする**	②	動・サ変 按一下、（滑鼠）點擊
22	**どりょくする**	① 努力する	動・サ変 努力
23	**あんないする**	③ 案内する	動・サ変 接待、引導介紹
24	**なんかいも**	① 何回も	副 多次、好幾次
25	**やまほど**	② 山ほど	副 一堆、很多
26	**こつこつと**	①	副 孜孜不倦、勤奮
27	**せいいっぱい**	④ 精一杯	副 竭盡全力
28	**ぜいたくを いわなければ**	贅沢を 言わなければ	慣 不要求過多的話

第9課

二 文型　MP3-26

1 【〜ば】

「動詞・形容詞・形容動詞的假定形＋ば」，是日文的假定用法，中文常翻譯成「如果〜」或「假如〜」。

> ▶ こつこつと 努力すれば、いつか 成果が 実ります。
>
> ▶ クリックすれば、パソコンの 画面を 切り替える ことが できます。
>
> ▶ 贅沢を 言わなければ、一人で 十分に 暮らす ことが できます。
>
> ▶ 寒ければ、マフラーを 貸します。
>
> ▶ 人ごみの 中に 行けば、彼は 必ず マスクを 着けます。
>
> ▶ 「住めば、都」と いう 日本語の 諺が あります。

> 時間が なければ、タクシーで 行きます。

2 【～なら】

　　「動詞・形容詞終止形＋なら」或「名詞＋なら」，是日文的假定及限定用法。若是形容動詞，則是「語幹＋なら」。與常見的「～ならば」意思一樣，此表達方式的「ば」經常被省略。

- 日本なら、何回も 行った ことが あります。
- 仕事なら、山ほど 残って います。
- そこが 静かなら、そこで 勉強しましょう。
- 精一杯 努力するなら、成功できるでしょう。
- この新製品は 値段が 安いなら、買う 人が 多く いるでしょう。

第 9 課

三 練習

1 請練習在不同詞性之後，如何接續「ば」。

① 動詞接續「ば」時，要用「假定形」來接續。

（例）分かる	分かれば
払う	
待つ	
呼ぶ	
住む	
乗る	
起きる	
見る	
食べる	
来る	
承知する	
クリックする	

② 形容詞接續「ば」時，要用「假定形」來接續。

（例）高い	高ければ
遠い	

時間が なければ、タクシーで 行きます。

近い	
安い	
面白い	
つまらない	
寒い	
暑い	
嬉しい	
いい	

③ 形容動詞接續「ば」時，用「語幹＋ならば」，也可以省略掉「ば」。

（例）便利だ	便利ならば（便利なら）
素敵だ	
静かだ	
立派だ	
贅沢だ	
綺麗だ	
賑やかだ	
好きだ	
嫌いだ	

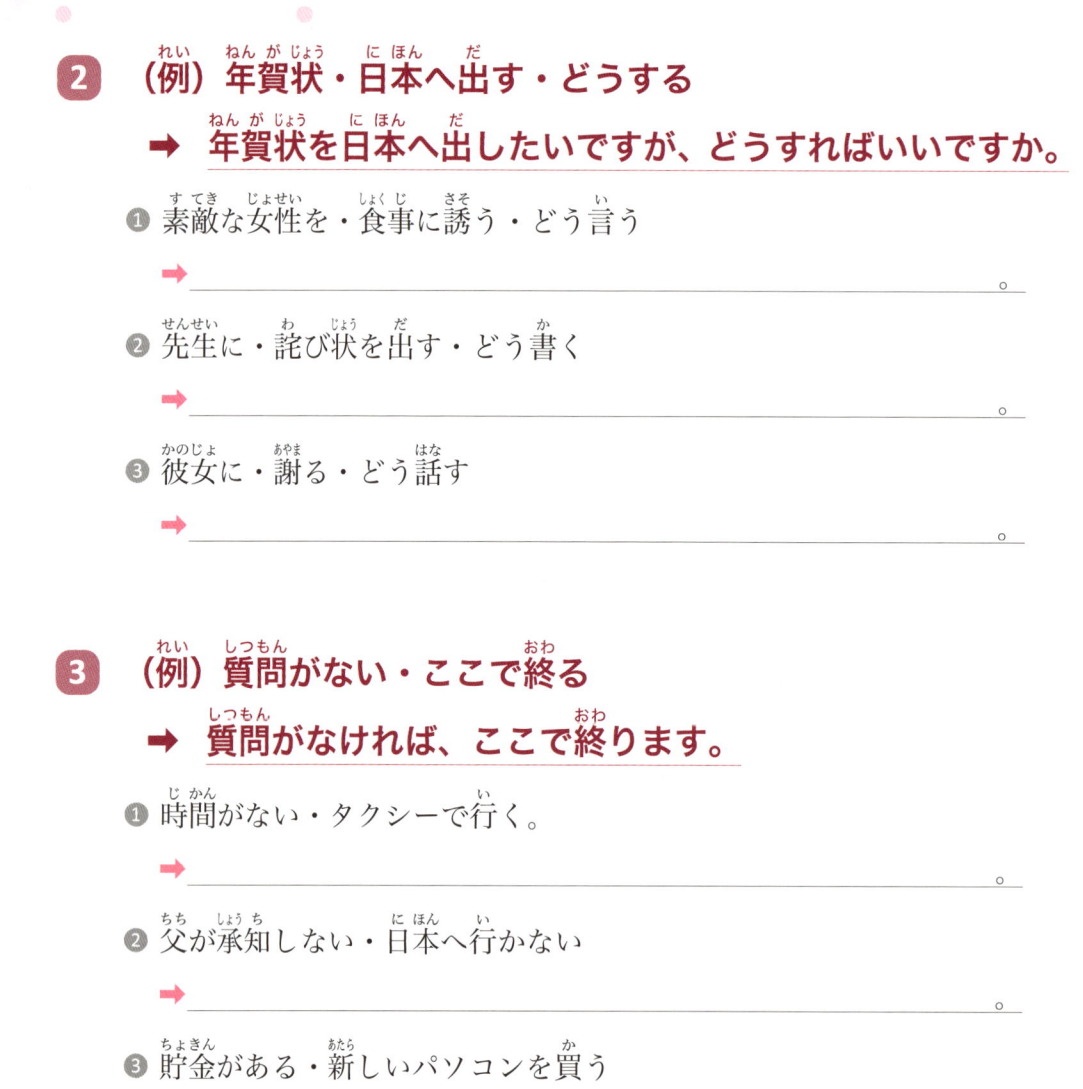

第9課

2 （例）年賀状・日本へ出す・どうする
➡ 年賀状を日本へ出したいですが、どうすればいいですか。

① 素敵な女性を・食事に誘う・どう言う
➡ _____。

② 先生に・詫び状を出す・どう書く
➡ _____。

③ 彼女に・謝る・どう話す
➡ _____。

3 （例）質問がない・ここで終る
➡ 質問がなければ、ここで終ります。

① 時間がない・タクシーで行く。
➡ _____。

② 父が承知しない・日本へ行かない
➡ _____。

③ 貯金がある・新しいパソコンを買う
➡ _____。

> 時間が なければ、
> タクシーで 行きます。

4 (例) 雨が降る・行かない／雨が降らない・行く
→ 雨が降れば、行きません。雨が降らなければ、行きます。

① 安い・買う／安くない・買わない
→ _____。

② 部屋が綺麗だ・借りる／部屋が綺麗ではない・借りない
→ _____。

③ 分からない・聞く／分かる・聞かない
→ _____。

④ 甘い・食べる／甘くない・食べない
→ _____。

5 (例) A：お邪魔してもいいですか。（少し）
→ B：少しならいいです。

① A：日本語ができますか。（挨拶）
→ B：_____。

② A：財布を忘れてしまいました。タクシー代をちょっと貸してください。（百円）
→ B：_____。

③ A：夏休みに一緒に日本へ旅行しませんか。（東京）
→ B：_____。

第9課

四 本文

パーティーの後

- 西原：時間があれば、もう一軒、飲みに行きませんか。
- 福島：明日ならいいですが、今日は帰らなければなりません。
- 西原：車で家まで送りましょうか。
- 福島：西原さんがお酒を飲んでいなければ、お願いしたいですが、今日は電車で帰ります。

> 時間が なければ、
> タクシーで 行きます。

コンピューター室で

井上： クリックしたら、この画面が出ました。
次の画面に切り替えたいです。
どうすればいいですか。

山下： 私も分かりませんが、小林さんならできますよ。

井上： 小林さんはどこにいますか。

山下： 大きい声で呼べば、すぐ来ますよ。

第9課

五 日語文化直播

戴著貓咪的面具

　　語言中許多措辭的靈感來自我們周遭的環境，日語裡便有一類慣用語，使用了各式各樣的動物，並且絕大部分是利用動物本身的特性，來比喻人們的作為。如「猫をかぶる」表示隱藏自己的本性，像貓一樣裝出乖巧的樣子；「馬が合う」是說彼此個性相投，就像馬和騎士之間的默契；「袋の鼠」是指如袋子裡的老鼠一樣，無處可逃；「牛の歩み」則是比喻像牛走路一樣慢吞吞。這些動物接近人類的生活，自然容易成為語言中的譬喻對象。

　　也有許多的慣用語是直接引進中文的成語，比如「塞翁が馬」、「虎に翼」、「井の中の蛙」、「蛇足」，相信你很快就猜想得到分別是塞翁失馬、如虎添翼、井底之蛙、畫蛇添足的意思。但我更喜歡日本特有的慣用語，因為其中總是蘊藏了有趣的日本文化，就像中文的成語故事一樣。猜猜看，以下這幾個慣用語是什麼意思？「鯖を読む」閱讀鯖魚？「鰯の頭も信心から」沙丁魚頭有信心？「閑古鳥が鳴く」杜鵑鳥叫？

* 鯖を読む：鮮魚批發市場在喊價時，面對好幾大籠的鯖魚，實在難以一一細數，便會隨便說個數量蒙混，於是引申為謊報數量、年紀的意思。
* 鰯の頭も信心から：立春前一天稱為節分，傳說在門口掛上沙丁魚頭，能趕走災害之神，也就是說如沙丁魚這種微不足道的東西，一旦相信了，就似乎真的有那樣的功效。由此引申為心誠則靈之意。
* 閑古鳥が鳴く：杜鵑鳥主要棲息在深山靜謐人煙稀少的森林中，便從幽靜山林引申為沒有客人或觀眾上門，也就是門可羅雀。

10

誕生日(たんじょうび)の
お祝(いわ)いに
パソコンを
もらいました。

第10課

一 単語

MP3-28

01	ちちのひ	② 父の日	名 父親節
02	ははのひ	① 母の日	名 母親節
03	たんじょうび	③ 誕生日	名 生日
04	せんせいのひ	③ 先生の日	名 教師節
05	かいまくしき	④ 開幕式	名 開幕式、開幕典禮
06	にゅうがく	⓪ 入学	名 入學
07	そつぎょう	⓪ 卒業	名 畢業
08	おいわい	⓪ お祝い	名 祝賀的禮物或祝賀金
09	おかえし	⓪ お返し	名 回禮
10	おとしだま	⓪ お年玉	名 壓歲錢
11	しょうたいじょう	⓪③ 招待状	名 邀請函、請帖
12	すいせんじょう	⓪③ 推薦状	名 推薦函
13	めいし	⓪ 名刺	名 名片
14	ゆびわ	⓪ 指輪	名 戒指
15	しょくじけん	③ 食事券	名 餐券
16	にゅうじょうけん	③ 入場券	名 入場券
17	とくいさき	⓪ 得意先	名 客戶

誕生日の お祝いに パソコンを もらいました。

18	**カメラマン**	③	名 攝影師
19	**しょうばい**	① 商売	名 生意
20	**あかしんごう**	③ 赤信号	名 紅燈
21	**たんい**	① 単位	名 學分
22	**バスケットボール**	⑥	名 籃球
23	**けいさつ**	⓪ 警察	名 警察
24	**はなたば**	②③ 花束	名 捧花、花束
25	**しらせる**	⓪ 知らせる	動・下一 通知
26	**しょうかいする**	⓪ 紹介する	動・サ変 介紹
27	**ごちそうする**	⓪ ご馳走する	動・サ変 請客
28	**ちゅういする**	① 注意する	動・サ変 提醒、注意

第10課

第 10 課

二 文型　　　MP3-29

1 【～に～をあげる】

　　此句型為日文授受行為的表達方式之一，通常用於「我」給「你／他」東西時，或「你」給「他」，或「他」給「他」東西時。

> ▸ 私は　卒業の　お祝いに　先輩に　花束を　あげます。
> ▸ 父は　お正月に　妹に　お年玉を　あげます。

2 【～から／に～をもらう】

　　此句型是日文授受行為的表達方式之一，表示接受者從給予者那裡得到東西。中文翻譯成「從某人那裡獲得某東西」。

> ▸ 私は　入学の　お祝いに　兄から　バスケットボールを　もらいました。
> ▸ 先生は　先生の日に　学生から　綺麗な　花束を　もらいました。

> 誕生日の お祝いに パソコンを もらいました。

3 【～は私に～をくれる】

此句型是日文授受行為的表達方式之一，通常用於他人給「我」某個東西時。而他人給的對象可以不必侷限是「我」，可以是跟我關係親近的人。中文翻譯成「給我」。

- お客様は 私に 名刺を くれました。
- 得意先は 会社に 果物を くれました。

4 【～に～てあげる】
   【～から／に～てもらう】
   【～てくれる】

此三種句型是日文授受行為的補助動詞表達方式。

- 私は 弟に バスケットボールを 買って あげます。
- 先生は 学生に 推薦状を 書いて あげます。
- 私は 友達に 入場券を 買って もらいました。
- 後輩は 先輩に ご馳走して もらいました。
- 先輩は 本当の ことを 言って くれました。
- 得意先は 会社に いい 商売を 紹介して くれました。

第10課 誕生日の お祝いに パソコンを もらいました。| 111

第10課

三 練習

1 （例）私 → 王さん・入場券
　➡ 私は王さんに入場券をあげました。

① 私 → 李さん・食事券
➡ ＿＿＿＿＿＿＿＿＿＿＿＿＿＿＿＿＿＿＿＿。

② 私 → 母・指輪
➡ ＿＿＿＿＿＿＿＿＿＿＿＿＿＿＿＿＿＿＿＿。

③ 先生 → 学生・辞書
➡ ＿＿＿＿＿＿＿＿＿＿＿＿＿＿＿＿＿＿＿＿。

2 （例）私 ← 先生・単位
　➡ 先生は私に単位をくれました。
　➡ 私は先生から単位をもらいました。

① 私 ← 父・入学のお祝いにパソコン
➡ ＿＿＿＿＿＿＿＿＿＿＿＿＿＿＿＿＿＿＿＿。
➡ ＿＿＿＿＿＿＿＿＿＿＿＿＿＿＿＿＿＿＿＿。

② 私 ← 得意先・お返しにいい仕事
➡ ＿＿＿＿＿＿＿＿＿＿＿＿＿＿＿＿＿＿＿＿。
➡ ＿＿＿＿＿＿＿＿＿＿＿＿＿＿＿＿＿＿＿＿。

③ 私 ← 大学・卒業式の招待状
➡ ＿＿＿＿＿＿＿＿＿＿＿＿＿＿＿＿＿＿＿＿。
➡ ＿＿＿＿＿＿＿＿＿＿＿＿＿＿＿＿＿＿＿＿。

誕生日の お祝いに パソコンを もらいました。

3 (例) 私 → 後輩・誕生日のプレゼントを買う
➡ 私は後輩に誕生日のプレゼントを買ってあげました。

① 私 → 弟・テレビをつける
➡ ＿＿＿＿＿＿＿＿＿＿＿＿＿＿＿＿＿＿＿＿＿＿＿＿＿＿＿＿＿＿＿＿＿。

② 私 → 友達・誕生日の招待状を送る
➡ ＿＿＿＿＿＿＿＿＿＿＿＿＿＿＿＿＿＿＿＿＿＿＿＿＿＿＿＿＿＿＿＿＿。

③ 私 → 後輩・入学を知らせる
➡ ＿＿＿＿＿＿＿＿＿＿＿＿＿＿＿＿＿＿＿＿＿＿＿＿＿＿＿＿＿＿＿＿＿。

4 (例) 私 ← カメラマン・写真を撮る
➡ カメラマンは私に写真を撮ってくれました。
➡ 私はカメラマンから写真を撮ってもらいました。

① 私 ← 友達・説明をする
➡ ＿＿＿＿＿＿＿＿＿＿＿＿＿＿＿＿＿＿＿＿＿＿＿＿＿＿＿＿＿＿＿＿＿。
➡ ＿＿＿＿＿＿＿＿＿＿＿＿＿＿＿＿＿＿＿＿＿＿＿＿＿＿＿＿＿＿＿＿＿。

② 私 ← 同僚・日本料理の店を紹介する
➡ ＿＿＿＿＿＿＿＿＿＿＿＿＿＿＿＿＿＿＿＿＿＿＿＿＿＿＿＿＿＿＿＿＿。
➡ ＿＿＿＿＿＿＿＿＿＿＿＿＿＿＿＿＿＿＿＿＿＿＿＿＿＿＿＿＿＿＿＿＿。

③ 私 ← 警察・赤信号を注意する
➡ ＿＿＿＿＿＿＿＿＿＿＿＿＿＿＿＿＿＿＿＿＿＿＿＿＿＿＿＿＿＿＿＿＿。
➡ ＿＿＿＿＿＿＿＿＿＿＿＿＿＿＿＿＿＿＿＿＿＿＿＿＿＿＿＿＿＿＿＿＿。

第 10 課

四 本文

MP3-30

放課後

中西：誕生日のお祝いに小林さんからバスケットボールをもらいました。明日は小林さんの誕生日です。お返しに何をあげたらいいですか。

山内：小林さんなら、おいしい店をよく知っています。バスケットボールよりも食事券をあげたほうがいいでしょう。

中西：昨日父が五つ星ホテルの食事券を四枚くれました。じゃあ、その二枚を小林さんにあげて、あとの二枚を私たちが使いましょうか。今度の週末、そのレストランへ行きませんか。

山内：ご馳走してくれますか。それは嬉しいです。それなら、一緒に行きましょう。

> 誕生日の お祝いに パソコンを もらいました。

五 日語文化直播

不可告人的祕密

一旦待在家裡的時間變多，追劇就變成一種日常。我從不承認自己是重度追劇者，但也曾經不小心捧場過兩部作品長達二十年的時間。一是卡通《名探偵コナン》（名偵探柯南），一是日劇《相棒》（相棒）。

兩者的共同點是解決犯罪案件，所以免不了出現各種警界用語。連續劇中稱「刑事」（刑警）為「でか」，因為刑警一般不穿警察制服，穿便服進行調查比較不惹人注目，以前的和服外套袖子方正稱為「角袖」倒過來念再縮簡一下就變成了「でか」。「被疑者」（兇嫌）則稱為「マルヒ」，這是來自機密文件上所加註的㊙，所謂兇嫌還只是懷疑階段，必須謹慎地祕密調查，於是用「○被」來代稱，以免消息曝光。而「捜査対象者」（搜查對象）或是「警護対象者」（保護對象）就用「マルタイ」＝「○体」來表示。這些為了不洩漏重要情報而使用業界用語，日語稱為「隠語」，就如同打棒球時教練跟選手們用手勢打暗號一樣。

我喜歡在課堂上借用「現場」這個字，來說明日語的發音組合。在某些連續劇中，當案件剛發生正在進行搜查時，稱案發現場為「現場」，而結案之後回溯當時，又改稱「現場」。本來，日語的漢字詞彙來自中文，理應用「音読み」（音讀）來發音，所以「現場」應該讀成「げんじょう」，但教科書卻標示「げんば」，也就是「現」是音讀，「場」是訓讀。這是因為漢字的音讀並非日本人所熟悉的發音，並且有很多同音異字，因此衍生出將音讀和訓讀混合發音的方法，以方便用耳朵辨識單字。

生活對話中也經常故意用音訓混合的方式來發音，比如提到「化学」會用「ばけがく」來代替「かがく」，以免誤會是指「科学」；提到「私立」時故意發音為「わたくしりつ」，提到「市立」時故意發音為「いちりつ」，因為兩者的正式讀音都是「しりつ」。

メモ

11

親切（しんせつ）に して

もらった ことが

忘（わす）れられません。

第 11 課

一 単語(たんご)　MP3-31

01	すきやき	⓪ すき焼き	名 壽喜燒
02	そつぎょうせいさく	⑤ 卒業制作	名 畢業專題製作
03	たいきょくけん	④ 太極拳	名 太極拳
04	プログラミング	④	名 程式設計
05	ぶんしょう	① 文章	名 文章
06	おもいで	⓪ 思い出	名 回憶
07	めざましどけい	⑤ 目覚まし時計	名 鬧鐘
08	えんかくじゅぎょう	⑤ 遠隔授業	名 遠距教學、遠端學習
09	テレビかいぎ	④ テレビ会議	名 視訊會議
10	テレワーク	③	名 居家辦公
11	インターネット	⑤	名 網路
12	れきし	⓪ 歴史	名 歷史
13	しゃちょう	⓪ 社長	名 社長、總經理
14	ようじ	⓪ 用事	名 要事、事情
15	マラソン	⓪	名 馬拉松
16	クリスマスケーキ	⑥	名 聖誕蛋糕
17	ごみ	②	名 垃圾

親切に して もらった ことが 忘れられません。

18	えんか	① 演歌	名 日本演歌
19	にがい	② 苦い	形 苦的
20	たてる	② 建てる	動・下一 建造
21	かたづける	④ 片付ける	動・下一 整理、解決
22	ほんやくする	⓪ 翻訳する	動・サ変 翻譯
23	つうやくする	① 通訳する	動・サ変 口譯
24	しばらく	②	副 短暫、暫時
25	おつかれさまでした	⑦ お疲れ様でした	慣 辛苦了
26	おまたせしました	⑥ お待たせしました	慣 讓您久等了
27	おさきに しつれいします		お先に 失礼します	慣 我先走了、我先告辭

第11課 親切に して もらった ことが 忘れられません。 | 119

第 11 課

二 文型　　　MP3-32

1 【五段動詞】的可能表現

「五段動詞語尾改為エ段＋る」成為可能動詞，中譯是「會～、能～」。例如：

書く ➡ 書け＋る ➡ 書ける

言う ➡ 言え＋る ➡ 言える

泳ぐ ➡ 泳げ＋る ➡ 泳げる

読む ➡ 読め＋る ➡ 読める

此用法只限於五段活用動詞。

- ▸ 私は 苦い 薬が 飲めます。
- ▸ 外が 暗いですが、一人で 家へ 帰れます。
- ▸ 私は 日本の すき焼きが 作れます。
- ▸ 私は 川の 向こうまで 泳げます。

> 親切に して もらった ことが 忘れられません。

2 【サ変動詞】的可能表現

　　サ変動詞「する」直接改成「できる」為其可能的表現方式，中譯是「會～、能～」。例如：

勉強する ➡ 勉強できる

運転する ➡ 運転できる

- この本は 日本語に 翻訳できます。
- アルバイトできる 学生が 大勢 います。
- プログラミングできる 社員が ほしいです。
- 私は 太極拳が できます。
- 私は 英語の 通訳が できます。

第 11 課

3 【上一段、下一段、カ変動詞】的可能表現

「上一段、下一段、カ変動詞未然形＋られる」成為其可能的表現方式，中譯是「會～、能～」。例如：

起きる ➡ 起き＋られる ➡ 起きられる

調べる ➡ 調べ＋られる ➡ 調べられる

出る ➡ 出＋られる ➡ 出られる

来る ➡ 来＋られる ➡ 来られる

▶ 目覚まし時計が　なくても、自分で　起きられます。

▶ インターネットで　日本の　歴史の　資料が　調べられます。

▶ テレワークなので、しばらく　会社に　出られません。

▶ 明日、用事が　ありますから、早く　授業に　来られません。

> 親切に して もらった ことが 忘れられません。

三 練習

1 （例）飛行機を作る
→ 飛行機が作れます。

① 家を建てる
→ _____。

② 卒業制作をする
→ _____。

③ プログラミングを書く
→ _____。

2 （例）スポーツ
→ スポーツができます。
→ スポーツをすることができます。

① 料理
→ _____。
→ _____。

② マラソン
→ _____。
→ _____。

③ スピーチ
→ _____。
→ _____。

第11課

3 (例) ピアノを弾く
➡ ピアノを弾くことができます。

❶ 質問に答える
➡ ＿＿＿＿＿＿＿＿＿＿＿＿＿＿＿＿＿＿＿＿＿＿＿＿＿＿＿＿＿＿＿＿。

❷ クリスマスケーキを作る
➡ ＿＿＿＿＿＿＿＿＿＿＿＿＿＿＿＿＿＿＿＿＿＿＿＿＿＿＿＿＿＿＿＿。

❸ ゴミを捨てる
➡ ＿＿＿＿＿＿＿＿＿＿＿＿＿＿＿＿＿＿＿＿＿＿＿＿＿＿＿＿＿＿＿＿。

4 (例) すき焼きを作る
➡ すき焼きが作れますか。
➡ いいえ、作れません。

❶ 日本人の名前を読む
➡ ＿＿＿＿＿＿＿＿＿＿＿＿＿＿＿＿＿＿＿＿＿＿＿＿＿＿＿＿＿＿＿＿。
➡ ＿＿＿＿＿＿＿＿＿＿＿＿＿＿＿＿＿＿＿＿＿＿＿＿＿＿＿＿＿＿＿＿。

❷ 日本の演歌を歌う
➡ ＿＿＿＿＿＿＿＿＿＿＿＿＿＿＿＿＿＿＿＿＿＿＿＿＿＿＿＿＿＿＿＿。
➡ ＿＿＿＿＿＿＿＿＿＿＿＿＿＿＿＿＿＿＿＿＿＿＿＿＿＿＿＿＿＿＿＿。

❸ 刺身を食べます
➡ ＿＿＿＿＿＿＿＿＿＿＿＿＿＿＿＿＿＿＿＿＿＿＿＿＿＿＿＿＿＿＿＿。
➡ ＿＿＿＿＿＿＿＿＿＿＿＿＿＿＿＿＿＿＿＿＿＿＿＿＿＿＿＿＿＿＿＿。

> 親切に して もらった ことが 忘れられません。

5 （例）観光客がいます。会場へ入りません。
　➡ 観光客がいますから、会場へ入れません。

❶ テレワークで働きます。お客様を訪問しません。
　➡ ＿＿＿＿＿＿＿＿＿＿＿＿＿＿＿＿＿＿＿＿＿＿＿＿＿＿＿＿＿＿。

❷ 親切にしてもらったことがあります。その思い出を忘れません。
　➡ ＿＿＿＿＿＿＿＿＿＿＿＿＿＿＿＿＿＿＿＿＿＿＿＿＿＿＿＿＿＿。

❸ 仕事が山ほどあります。すぐ片付けません。
　➡ ＿＿＿＿＿＿＿＿＿＿＿＿＿＿＿＿＿＿＿＿＿＿＿＿＿＿＿＿＿＿。

❹ 遠隔授業がありました。ご飯を食べませんでした。
　➡ ＿＿＿＿＿＿＿＿＿＿＿＿＿＿＿＿＿＿＿＿＿＿＿＿＿＿＿＿＿＿。

❺ テレビ会議に出ます。ゆっくり会いません。
　➡ ＿＿＿＿＿＿＿＿＿＿＿＿＿＿＿＿＿＿＿＿＿＿＿＿＿＿＿＿＿＿。

第11課

四 本文

MP3-33

喫茶店で

店員： いらっしゃいませ。お待たせしました。
客 ： 持ち帰りのホットコーヒーを四杯ください。
店員： はい、分かりました。しばらくお待ちください。
　　　 コーヒーができました。熱いですが、持てますか。
客 ： 大丈夫です。一人で持って帰れます。

親切に して もらった ことが 忘れられません。

アルバイト先で

- 店員： お疲れ様でした。
- 店長： 初めてのアルバイトはどうでしたか。
- 店員： 大変でしたが、お客様に親切にしてもらったことが忘れられません。
- 店長： それはよかったですね。外は暗いですが一人で帰れますか。
- 店員： はい、最終のバスに乗れますから。
- 店長： 明日も早いですが、起きられますか。
- 店員： 目覚まし時計を掛けますから、大丈夫です。
- 店長： それでは、気を付けて帰ってください。
- 店員： ありがとうございます。お先に失礼します。

第11課 親切に して もらった ことが 忘れられません。| 127

第 11 課

五 日語文化直播

コーヒー・珈琲・こーひー

　　如果有機會去北海道，會發現札幌市和小樽市有好幾家名為「可否茶館〔カヒサカン〕」的連鎖咖啡店，創始於 1971 年，是當地知名且具有歷史的「喫茶店〔きっさてん〕」。注意到這句話裡有個弔詭之處嗎？店名看起來是茶的專賣店，我卻說是咖啡店，又用日語的「喫茶店」企圖蒙混過去。

　　事實上，店名的「可否」便是咖啡的意思。北海道「可否茶館」的店名取自明治 21（1888）年創設於東京上野的複合式咖啡店「可否茶館〔か ひ さ かん〕」，這家店被視為日本近代咖啡店的先驅，除了賣咖啡，還提供撞球、紙牌、圖書等娛樂，只可惜因為經營不善，4 年後便關門大吉。

　　現代日語為了不造成混亂，原則上外來語統一使用片假名來標示，但是在外來語大量進口的明治時代卻流行用漢字來標示外來語。當時，為了幫舶來品取一個美麗又符合內容的名字，學者專家們可是傷透了腦筋。日語的「コーヒー」源自荷蘭語 koffie，「可否」、「可非」、「哥非」都曾經是它的名字，最後由幕末時期的荷蘭語文學家「宇田川榕菴〔う だ がわようあん〕」（宇田川榕庵）所發想的「珈琲」二字勝出，沿用至今。

　　像這樣將外來語用日語漢字標示，稱為「当て字〔あ じ〕」（借用字），比如大家較為熟悉的有，葡萄牙語 tempero 寫成「天婦羅〔テンプラ〕」、法語 roman 寫成「浪漫〔ロマン〕」。我個人覺得比較經典的是「秋桜〔コスモス〕」（波斯菊）、「洋灯〔ランプ〕」（檯燈）、「氷菓子〔アイスクリーム〕」（冰淇淋）、「如雨露〔じょうろ〕」（灑水器）等，是不是都選了很符合字義的漢字呢。

12

雨に 降られて
風邪を
引きました。

第12課

一 単語(たんご)　MP3-34

01	**クラスメート**	④	名 同班同學
02	**しんがた**	⓪ 新型	名 新型、新款式
03	**ひとりぐらし**	④ 一人暮らし	名 獨居
04	**パスワード**	③	名 密碼
05	**ハッカー**	①	名 駭客
06	**こくみん**	⓪ 国民	名 國民
07	**せいふ**	① 政府	名 政府
08	**ぜいきん**	⓪ 税金	名 税金
09	**きんこ**	① 金庫	名 金庫、保險箱
10	**こうざ**	⓪ 口座	名 戶頭
11	**そうおん**	⓪ 騒音	名 噪音
12	**やくそく**	⓪ 約束	名 約定
13	**きゅうりょう**	① 給料	名 薪水
14	**か**	⓪ 蚊	名 蚊子
15	**たいふう**	③ 台風	名 颱風
16	**やわらかい**	④ 柔らかい	形 柔軟的
17	**ふむ**	⓪ 踏む	動・五 踩、踏

雨に 降られて 風邪を 引きました。

18	**おこる**	② 怒る	動・五 生氣
19	**よろこぶ**	③ 喜ぶ	動・五 歡喜、高興
20	**しかる**	⓪ 叱る	動・五 斥責、責備
21	**さす**	① 刺す	動・五 叮咬、刺
22	**おとす**	② 落とす	動・五 掉落、遺失、當掉學分
23	**かむ**	① 噛む	動・五 咬
24	**ぬすむ**	② 盗む	動・五 偷竊
25	**やぶる**	② 破る	動・五 打破、毀約
26	**ほめる**	② 褒める	動・下一 讚美
27	**たすける**	③ 助ける	動・下一 幫助
28	**そだてる**	③ 育てる	動・下一 撫養、培育
29	**かんげいする**	⓪ 歓迎する	動・サ変 歡迎
30	**じゃまする**	⓪ 邪魔する	動・サ変 打擾、妨礙

第12課 雨に 降られて 風邪を 引きました。 | 131

第 12 課

二 文型　　　　　　　　　　　　　　　　　　　　　　　MP3-35

1 【～は～に動詞＋れる／られる】

　　動詞未然形＋助動詞「れる／られる」是日文被動的表達方式。五段活用動詞・サ變動詞是「未然形＋れる」；而上一段活用動詞・下一段活用動詞・カ變動詞則是「未然形＋られる」。中文意思為「～（人／物）被～（對象）做了（某動作）」。

- 私は　小さい　頃から　よく　父に　叱られます。
- 妹は　クラスメートの　前で、先生に　褒められました。
- 村上春樹の　小説は、世界の　人々に　よく　読まれて　います。
- この柔らかい　料理は、お年寄りに　喜ばれます。
- 新型の　パソコンは　若者に　歓迎されます。

2 【～は～に～を動詞＋れる／られる】

　　是日文被動的表達方式。中文意思為「～（人）被～（對象）把～做了～（某動作）」。例如「私はバスで隣の人に足を踏まれました」，中文意思為「我在公車上被隔壁的人踩到腳」。

- 国民は　政府に　税金を　取られます。
- 不真面目な　学生は　先生に　単位を　落とされました。

> 雨に 降られて 風邪を 引きました。

- 銀行は、泥棒に 金庫を 開けられました。
- 一人暮らしの お年寄りは、ハッカーに 銀行の パスワードを 盗まれました。

3 【〜に〜れて／られて、〜できない】

　　此文型為日文的「被動形＋て＋動詞可能形的否定形」，中文意思為「因為被〜，以至於無法〜」。

- 騒音に 邪魔されて、よく 勉強できません。
- 泥棒に 入られて、今から 出掛けられません。
- 赤ちゃんに 泣かれて、一晩中 寝られませんでした。
- （私は） 泥棒に パソコンを 盗まれて、レポートを 書く ことが できません。

第 12 課

三 練習

1 （例）先生が学生を教える
  ➡ 学生は先生に教えられます。

  ① 台風が台湾を襲う
  ➡ _____。

  ② 若者がお年寄りを助ける
  ➡ _____。

  ③ 母が子供を育てる
  ➡ _____。

  ④ 父がこの野菜を作る
  ➡ _____。

2 （例）犬・父の手を噛んだ
  ➡ 父は犬に手を噛まれました。

  ① 蚊・子供の顔を刺した
  ➡ _____。

  ② 泥棒・私のパスワードを盗んだ
  ➡ _____。

  ③ 姉・私の足を踏んだ
  ➡ _____。

雨に 降られて
風邪を 引きました。

3 （例）友達が来る・勉強できなかった。
→ 友達に来られて、勉強できませんでした。

① 台風が来る・飛行機に乗れなかった
→ ＿＿＿＿＿＿＿＿＿＿＿＿＿＿＿＿＿＿＿＿＿＿＿＿＿＿＿＿＿＿＿＿＿＿＿＿＿＿。

② 雨が降る・風邪を引いてしまった
→ ＿＿＿＿＿＿＿＿＿＿＿＿＿＿＿＿＿＿＿＿＿＿＿＿＿＿＿＿＿＿＿＿＿＿＿＿＿＿。

③ 泥棒が家に入る・大変困っている
→ ＿＿＿＿＿＿＿＿＿＿＿＿＿＿＿＿＿＿＿＿＿＿＿＿＿＿＿＿＿＿＿＿＿＿＿＿＿＿。

④ 蚊が刺す・顔が赤くなっている
→ ＿＿＿＿＿＿＿＿＿＿＿＿＿＿＿＿＿＿＿＿＿＿＿＿＿＿＿＿＿＿＿＿＿＿＿＿＿＿。

⑤ 子供が泣く・上司と電話できない
→ ＿＿＿＿＿＿＿＿＿＿＿＿＿＿＿＿＿＿＿＿＿＿＿＿＿＿＿＿＿＿＿＿＿＿＿＿＿＿。

第 12 課

4 請練習動詞被動表現,將正確答案填入空格中。

單字	れる/られる
(例) 話す	話される
書く	
払う	
打つ	
呼ぶ	
笑う	
入る	
行く	
走る	
休む	
出る	
食べる	
忘れる	
見る	
来る	
紹介する	
運動する	

雨に 降られて 風邪を 引きました。

四 本文

MP3-36

事務室で

小松： 元気がないですね。どうしたんですか。

大野： 昨日、雨に降られて風邪を引きました。

小松： そうですか。どうぞお大事に。

大野： それだけではありません。最近、携帯を落としたりハッカーに口座のパスワードを盗まれたりしました。本当に運が悪かったです。

小松： それは大変でしたね。

第 12 課

教室で

- 大野： どうしたんですか。
- 小野： あまり真面目に勉強していませんから、先生に単位を落とされました。
- 大野： 次にもっと頑張ればいいですよ。
- 小野： でも父に知られたら、怒られます。
今日は家へ帰りたくないです。
- 大野： うーん、気持ちはよくわかります。これからお茶でも飲みながら少しお話ししましょうか。
- 小野： ありがとうございます。

> 雨に 降られて
> 風邪を 引きました。

五　日語文化直播

「々」怎麼念？

　　這不是問題啊，「時々」讀成「ときどき」、「人々」讀成「ひとびと」、「山々」讀成「やまやま」，只要重複前面那個漢字的發音就行啦！是的，這是正確答案，但我想問的是，如果「々」的前面沒有漢字，該怎麼稱呼這個符號呢？

　　大部分語言都有標點符號，以便於書寫成文字時可以斷句、分段或添增文章的意涵及情緒效果。日語教材中常出現的標點有「。」（句点；句號）、「、」（読点；逗號）、「！」（感嘆符；驚嘆號）和「？」（疑問符；問號），也常見如「」（かぎ括弧；括號）、『』（二重かぎ括弧；書名號）、…（三点リーダー；刪節號）等符號，每個標點符號都有其稱呼以及規定的用法。

　　可是，因為「々」可以代替不同的漢字，嚴格說來是一個文字，因此雖然看起來像符號，卻不在標點符號的管轄範圍內。但如果翻看各種文章書寫守則，經常可以找到另外開闢的一節關於「々」的使用說明，大部分守則上稱其為「繰り返し符号」（重複符號），非常明確地表達了這個符號的用法，也就是重複前面的漢字，所以也稱為「重ね字」（重複字）或「畳字」（疊字）。但我最喜歡它的另一個稱呼：「踊り字」（跳舞字）。聽到這個名字，再看看這個符號「々」，就覺得整篇文章都跳起舞來了。

　　對了，電腦打字時，如果要單獨打出「々」，必須輸入「くりかえし」、「おなじ」或「どう」，才能變換選出這個看起來像是片假名的「ノ」加上「マ」的符號，事實上，也有人稱它為「ノマ」。

メモ

13

先生は　学生に
日本語の　歌を
歌わせます。

第 13 課

一 単語(たんご)　　MP3-37

01	はんにん	① 犯人	名 嫌犯
02	じゅぎょうりょう	② 授業料	名 學費
03	かぜぐすり	③ 風邪薬	名 感冒藥
04	おいしゃさん	⓪ お医者さん	名 醫生
05	かんじゃ	⓪ 患者	名 患者、病患
06	しゅじゅつ	① 手術	名 手術
07	せいじんしき	③ 成人式	名 成人禮
08	じどう	① 児童	名 兒童
09	ようちえん	③ 幼稚園	名 幼兒園、幼稚園
10	しんにゅうしゃいん	⑤ 新入社員	名 新進人員
11	トイレ	①	名 廁所
12	ぶか	① 部下	名 部下、屬下
13	てづくり	② 手作り	名 手工、手工製作
14	なかま	③ 仲間	名 夥伴
15	スタッフ	②	名 工作人員
16	むり（な）	① 無理〔な〕	形動 不行、有難度、勉強
17	かなしむ	③ 悲しむ	動・五 傷心

> 先生は 学生に 日本語の 歌を 歌わせます。

18	**うかがう**	⓪ 伺う	動・五 詢問、拜訪
19	**にげる**	② 逃げる	動・下一 逃跑
20	**ちゅうしする**	⓪ 中止する	動・サ変 中斷、停止
21	**どくりつする**	⓪ 独立する	動・サ変 獨立、自立
22	**あんしんする**	⓪ 安心する	動・サ変 安心、放心

第 13 課

二 文型　MP3-38

1 【～は～に～を動詞＋せる／させる】

　　此用法是日文使役形的表達方式。五段活用動詞・サ変活用動詞是「未然形＋せる」。上一段活用動詞・下一段活用動詞・カ変活用動詞是「未然形＋させる」。中文意思為「～使・要・讓・叫～做（某動作）」。

> ▶ 先生は　学生に　日本語の　歌を　歌わせます。
> ▶ 警察は　犯人に　話を　聞かせます。
> ▶ 父は　息子に　授業料を　払わせます。
> ▶ 母は　子供に　風邪薬を　飲ませます。
> ▶ お医者さんは　患者に　手術を　受けさせます。

> 先生は 学生に 日本語の 歌を 歌わせます。

2 【～は～を動詞＋せる／させる】

　　同樣是日文使役形的表達方式，中文意思為「～使・要・讓・叫～做（某動作）」，但此文型的動詞較多為自動詞。

- 母は 子供を 買い物に 行かせます。
- 父は 成人式を 迎えた 息子を 独立させます。
- 幼稚園の 先生は 子供を しばらく 公園で 遊ばせます。
- 先生は 泣いて いる 児童を しばらく 一人に させます。

3 【すみませんが、～させていただけないでしょうか】

　　「すみませんが、～させていただけないでしょうか」是請求對方讓自己做某事的客氣說法。中文意思為「對不起，能不能讓我～」。

- すみませんが、お風呂に 入らせて いただけないでしょうか。
- すみませんが、しばらく 一人に させて いただけないでしょうか。
- すみませんが、この辺で 終らせて いただけないでしょうか。

第 13 課

三 練習

1 請模仿例句,將正確答案填入空格中。

(例) 書く	書かせる	書かせます	書かせない	書かせて
払う				
帰る				
言う				
考える				
食べる				
寝る				
入る				
行く				
連絡する				
運動する				
来る				

先生は 学生に 日本語の 歌を 歌わせます。

2 （例）学生が作文を書いている・先生
　→　先生が学生に作文を書かせています。

① 部下がお酒を飲んでいる・上司
　→ _____。

② 部下が資料を読んでいる・上司
　→ _____。

③ 患者が手術を受けている・お医者さん
　→ _____。

④ 息子が車の運転を習っている・父
　→ _____。

⑤ 娘が手作りの料理を覚えている・母
　→ _____。

⑥ 国民が税金を払っている・政府
　→ _____。

第 13 課

3 （例）母が心配した・兄
　　➡ 兄が母を心配させました。

① 祖母が悲しんだ・弟
　➡ ＿＿＿＿＿＿＿＿＿＿＿＿＿＿＿＿＿＿＿＿＿＿＿＿＿＿＿＿＿＿＿＿＿。

② 祖父が喜んだ・妹
　➡ ＿＿＿＿＿＿＿＿＿＿＿＿＿＿＿＿＿＿＿＿＿＿＿＿＿＿＿＿＿＿＿＿＿。

③ 先生が怒った・学生
　➡ ＿＿＿＿＿＿＿＿＿＿＿＿＿＿＿＿＿＿＿＿＿＿＿＿＿＿＿＿＿＿＿＿＿。

④ 犯人が逃げた・犯人の仲間
　➡ ＿＿＿＿＿＿＿＿＿＿＿＿＿＿＿＿＿＿＿＿＿＿＿＿＿＿＿＿＿＿＿＿＿。

4 （例）本を読む
　　➡ 本を読ませていただけないでしょうか。

① もう一度旅行について説明する
　➡ ＿＿＿＿＿＿＿＿＿＿＿＿＿＿＿＿＿＿＿＿＿＿＿＿＿＿＿＿＿＿＿＿＿。

② 詳しく質問に答える
　➡ ＿＿＿＿＿＿＿＿＿＿＿＿＿＿＿＿＿＿＿＿＿＿＿＿＿＿＿＿＿＿＿＿＿。

③ 家に用事ができましたので、早く帰る
　➡ ＿＿＿＿＿＿＿＿＿＿＿＿＿＿＿＿＿＿＿＿＿＿＿＿＿＿＿＿＿＿＿＿＿。

④ 説明したいことがありますので、上司に会う
　➡ ＿＿＿＿＿＿＿＿＿＿＿＿＿＿＿＿＿＿＿＿＿＿＿＿＿＿＿＿＿＿＿＿＿。

先生は　学生に
日本語の　歌を　歌わせます。

四 本文

MP3-39

ホテルの
ロビーで

陳：　飛行機は何時ですか。

林：　午後の一時で、日本行きです。

陳：　空港まで車で送らせていただけませんか。

林：　ぜひ、お願いします。

　　　ありがとうございます。

第 13 課

会社で

- 上司：今日の会議に誰が出席しますか。
- 部下：新入社員の林さんが出席します。
- 上司：林さんで大丈夫ですか。
- 部下：会議の資料を読ませましたので、ご安心ください。
- 上司：まだ林さん一人では無理でしょう。
  他のスタッフを一緒に行かせてくださいね。
- 部下：はい、承知しました。

> 先生は　学生に
> 日本語の　歌を　歌わせます。

五　日語文化直播

改名風波

　　烏魚在日本被稱為「出世魚」（升官魚），因為魚的名字隨著成長而改變，就像公司職員的晉升，頭銜隨著職位不斷變更一樣。雖然不同地區有不同的稱呼，但一般人大約可以認知其中4種：成長至10公分前後的幼魚稱為「オボコ」，1年後大約25公分大的時候稱為「イナ」，2～4年左右的成魚稱為「ボラ」，而超過5年的老成魚則稱為「トド」。這樣算起來，便是改了3次名字，所以是「3回名前を変えた魚」（改了3次名字的魚）。但有趣的是，也可以說「4回名前を変えた魚」（改了4次名字的魚），這是怎麼回事呢？

幼名	第1次改名	第2次改名	第3次改名
幼魚	1年	2～4年	5年以上
オボコ	イナ	ボラ	トド

　　這是因為數量詞所修飾的內容不同而造成語感上的差異。「3回名前を変えた魚」表示「名前を変えた」（改名）這件事進行了「3回」（3次）；而「4回名前を変えた魚」則是每個名字順著時間軸1次1次計算的話，總共是4次，也就是將改名視為一個整體事件。

　　並且，這樣的詭異邏輯只能用在不同內容的數量超過3的時候。如果只改了2次名字，就只能說「2回名前を変えた」。比如兩個人年紀相同，日語是「年齢は二人とも同じだ。」，但是年紀不同時卻不說「年齢は二人とも違う。」但如果是三個人不同年紀，卻又可以說「年齢は三人とも違う」。

＊若要表達兩個人年紀不同，日語可用「あの二人は年齢が違う。」

メモ

14

明日、台風が 来ると思います。

第 14 課

一 単語
たんご
MP3-40

01	コロナかんせん	④ コロナ感染	名 感染新冠肺炎
02	けいき	⓪ 景気	名 景氣
03	てんきよほう	④ 天気予報	名 氣象預測、氣象預報
04	うわさ	⓪ 噂	名 傳言、傳說
05	じんこうちのう	⑤ 人工知能	名 人工智慧、AI
06	スマートスピーカー	⑥	名 智慧音箱
07	こっかいぎいん	⑤ 国会議員	名 國會議員
08	チーム	①	名 團隊、隊伍
09	ルームメート	④	名 室友
10	つなみ	⓪ 津波	名 海嘯
11	どしゃくずれ	③ 土砂崩れ	名 土石坍方
12	あいて	③ 相手	名 對方、對手
13	ひどい	② 酷い	形 糟糕的、過分的
14	きけん〔な〕	⓪ 危険〔な〕	名・形動 危險的
15	こんなん〔な〕	① 困難〔な〕	名・形動 困難的
16	はやる	② 流行る	動・五 流行
17	かつ	① 勝つ	動・五 贏、獲勝

明日、台風が 来ると 思います。

18	**ひっこす**	❸ 引っ越す	動・五 搬家
19	**まける**	⓪ 負ける	動・下一 輸
20	**しゅうそくする**	⓪ 収束する	動・サ変 緩和、結束
21	**てんきんする**	⓪ 転勤する	動・サ変 調職
22	**とうせんする**	⓪ 当選する	動・サ変 當選
23	**しゅうしょくする**	⓪ 就職する	動・サ変 就業
24	**いっそう**	⓪ 一層	名・副 更加
25	**けっこう**	① 結構	形動・副 很棒、很
26	**ますます**	②	副 更加、越發
27	**によると**	❸	慣 根據某個資訊或某人說法

第14課 明日、台風が 来ると 思います。 | 155

第14課

二 文型　MP3-41

1 【～と思う】

動詞終止形・形容詞終止形・形容動詞終止形・名詞だ＋「～と思う」，表示「認為～」。

- コロナ感染は、夏に なれば、収束すると 思います。
- 彼は 今回 国会議員に 当選すると 思います。
- １０１ビルは 立派な 建物だと 思います。
- コロナ感染者が 増えて いる 時に 外へ 行く ことは 危ないと 思います。

2 【～と言う】

動詞終止形・形容詞終止形・形容動詞終止形・名詞だ＋「～と言う」，中文意思是「說～」。

- 朝、人に 会ったら、「おはようございます」と 言います。
- 夜、寝る 前に 家族に 「おやすみなさい」と 言います。
- 「人工智慧」は 日本語で 「人工知能」と 言います。

> 明日、台風が 来ると 思います。

3 【～そうだ】

　　動詞終止形・形容詞終止形・形容動詞終止形・名詞だ＋助動詞「そうだ」表示傳聞，中文意思是「聽說～」。若要表示有傳聞來源的根據，則可使用「～によると、～そうです」。

- 同僚の 話に よると、上司は 来年、転勤するそうです。
- 噂に よると、部長は 料理が 上手だそうです。
- 新聞に よると、シャインマスカットは おいしいそうです。

第 14 課

三 練習

1 （例）コロナ感染は結構厳しいです
　➡　コロナ感染は結構厳しいと思います。

① 日本語の勉強はますます面白くなりました
　➡　_____。

② 淡水は夕日が綺麗です
　➡　_____。

③ コロナ感染のため、就職は困難です
　➡　_____。

④ 彼は日本人です
　➡　_____。

2 （例）津波は恐いですか。
　➡　はい、津波は恐いと思います。
　➡　いいえ、津波は恐くないと思います。

① 土砂崩れは酷いですか。
　➡ はい、_____。
　➡ いいえ、_____。

② スマートスピーカーは便利ですか。
　➡ はい、_____。
　➡ いいえ、_____。

明日、台風が 来ると 思います。

❸ 私達のチームが勝てるでしょうか。
　➡ はい、_____。
　➡ いいえ、_____。

3 （例）これは 101 大樓です。
　➡ 101 大樓は日本語で「１０１ビル」と言います。

❶ これは高鐵です。
　➡ _____。

❷ あの川は淡水河です。
　➡ _____。

❸ それは淡江大學です。
　➡ _____。

4 （例）彼は国会議員に当選しました
　➡ 彼は国会議員に当選したそうです。

❶ 先生の家は立派です。
　➡ _____。

❷ 李さんはスマートスピーカーを使って日本語を勉強しています
　➡ _____。

❸ 日本は物価が高いです
　➡ _____。

❹ 世界で人工知能が流行っています
　➡ _____。

第14課　明日、台風が　来ると　思います。| 159

第14課

四 本文

廊下で

- 小林： 天気予報によると、明日台風が来るそうですよ。
- 小松： 明日大学が休みになればいいですね。
- 小林： この台風は結構強いですから、明日は休みだと思います。
- 小松： 台風がまだ来ないうちに、早く家に帰りましょう。

明日、台風が来ると思います。

家の応接間で

夫： 明日、強い台風が来るそうですよ。

妻： そうですね。テレビによると、台風が来て野菜の値段がますます高くなるそうです。お野菜が買えませんね。

夫： それなら、お肉を買いましょう。

妻： 台風が来たら、買い物に出掛けられませんよ。

夫： それはそうですね。
じゃあ、今から急いで買い物に行きましょう。

第 14 課

五 日語文化直播

是英語還是日語？

　　日語中有很多進口的舶來品單字，稱為「外来語」，一般用片假名來標示。但有某些外來語單字，因為使用頻繁，滲透一般人的生活中，於是改用平假名書寫，以更貼近日常。最經典的就是「タバコ」（香菸）。這個單字源自葡萄牙語 tabaco，久而久之店家招牌開始使用平假名標示，甚至也可以看到某些日語教材的單字表直接寫成「たばこ」。

　　相對地，日本也出口不少日語到海外。英語中比較耳熟能詳的有如 sushi（壽司）、sukiyaki（壽喜燒）、sake（清酒）等等跟日式飲食餐點相關的單字。還有如 samurai（武士）、geisha（藝妓）、kimono（和服）、ninja（忍者）之類日本傳統文化相關的詞彙。這些都是日本特有的產物，在其他國家很難找到既有的單字來對應翻譯，於是就直接使用日語原來的發音，而這也促使日本種種文化藉由語言傳遞到世界各地。

　　這些日本出口的字詞之中，最特別的是 tsunami（海嘯），在學術定義上，指稱由地震所引發具有殺傷力的高大海浪。英語中原來的用語是 seismic sea wave，直到 1949 年，阿留申群島發生大地震，引起的海嘯突襲了夏威夷諸島，當時許多日本移民的居住地受到了莫大的損害，tsunami＝「津波（つなみ）」一詞也因此透過報紙等媒體傳到英語圈各國，從此成為正式的英語單字，甚至在法語、德語、義大利語字典中也找得到這個字。

15

友達(ともだち)と 一緒(いっしょ)に ゲームで 遊(あそ)ぼう。

第 15 課

一 単語(たんご)　　MP3-43

01	おんせん	⓪ 温泉	名 溫泉
02	ていきけんさ	④ 定期検査	名 定期檢查
03	のど	① 喉	名 喉嚨
04	せき	② 咳	名 咳嗽
05	ねつ	② 熱	名 發燒
06	きょういくひ	④ 教育費	名 教育費
07	たいしょくご	⓪ 退職後	名 退休後
08	ボランティア	②	名 義工、志工
09	ぼうねんかい	③ 忘年会	名 尾牙
10	やきゅう	⓪ 野球	名 棒球
11	こっかしけん	④⑤ 国家試験	名 公務人員考試
12	しんさく	⓪ 新作	名 新作品
13	みやざきはやお	宮崎駿	名 宮崎駿
14	アニメ	① アニメ	名 動漫
15	しょうがくきん	⓪ 奨学金	名 獎學金
16	アルバイトだい	⓪ アルバイト代	名 打工費、工讀金
17	かわく	② 渇く	動・五 口渴

友達と一緒にゲームで遊ぼう。

18	**すく**	⓪ 空く	動・五 餓、空
19	**ひやす**	② 冷やす	動・五 使〜冷靜、冰鎮
20	**たすかる**	③ 助かる	動・五 得救、有用
21	**ためる**	⓪ 貯める	動・下一 儲存
22	**よごれる**	⓪ 汚れる	動・下一 汙漬、弄髒
23	**きがえる**	③ 着替える	動・下一 換衣服
24	**じっしゅうする**	⓪ 実習する	動・サ変 實習
25	**かいがいりょこうする**	⑤ 海外旅行する	動・サ変 出國旅遊
26	**きゅうようする**	⓪ 休養する	動・サ変 休息、休養
27	**パスする**	① パスする	動・サ変 通過、合格
28	**しんせいする**	⓪ 申請する	動・サ変 申請
29	**すくなくとも**	③ 少なくとも	副 至少

第 15 課

二 文型

MP3-44

1 【動詞＋う】

　　五段動詞未然形＋助動詞「う」為該動詞的意志表現，表示「意志、決心、勸誘、邀請、提議」等意思。

> ▶ 疲れたから、温泉に 入ろう。
> ▶ お風呂の あと、一緒に 冷たい ビールを 飲もう。
> ▶ 友達と 一緒に ゲームで 遊ぼう。
> ▶ 日本人の 友達に 年賀状を 出そう。

2 【動詞＋よう】

　　上一段活用動詞未然形・下一段活用動詞未然形・サ変活用動詞未然形・カ変活用動詞未然形＋助動詞「よう」為該動詞的意志表現，表示「意志、決心、勸誘、邀請、提議」等意思。

> ▶ 宮崎駿の アニメの 新作が 出たので、すぐ 買って 見よう。
> ▶ 明日、面接試験が あるから、今日は、早く 寝よう。
> ▶ 試験の 準備が まだ 出来て いないから、明日の 朝、早く 起きよう。

> 友達と 一緒に ゲームで 遊ぼう。

- 毎朝、公園を 散歩しよう。
- 学校が 始まってから、奨学金を 申請しよう。
- 車が 古いから、半年に 一回 定期検査を しよう。

3 【動詞う／ようと思う】

　動詞＋助動詞「う／よう」＋「と思う」是表達說話者的「預定、計畫或意志」，中文常譯為「（我）打算～・（我）想～」。

- 今度こそ、国家試験に パスしようと 思います。
- 今度 アルバイト代が 入ったら、スマートスピーカーを 買おうと 思います。

第 15 課

三 練習

1 請完成下面的表格。

（例）買う	買おう	買おうと思います
出す		
待つ		
言う		
着る		
見る		
寝る		
出る		
乗る		
起きる		
食べる		
忘れる		
就職する		
片付ける		
実習する		
冷やす		
来る		
勉強する		
飲む		

友達と 一緒に ゲームで 遊ぼう。

2 （例）喉が渇く・水を飲む
➡ 喉が渇いたら、水を飲もう。

① 咳が出る・病院に行く
➡ ＿＿＿＿＿＿＿＿＿＿＿＿＿＿＿＿＿＿＿＿＿＿＿＿＿。

② 熱が出る・頭を冷やす
➡ ＿＿＿＿＿＿＿＿＿＿＿＿＿＿＿＿＿＿＿＿＿＿＿＿＿。

③ 疲れる・タクシーに乗る
➡ ＿＿＿＿＿＿＿＿＿＿＿＿＿＿＿＿＿＿＿＿＿＿＿＿＿。

④ 体が冷たくなる・温泉に入る
➡ ＿＿＿＿＿＿＿＿＿＿＿＿＿＿＿＿＿＿＿＿＿＿＿＿＿。

3 （例）お腹が空く・いっぱい食べる
➡ お腹が空くから・いっぱい食べよう。

① 日本円がない・銀行へ行って両替する
➡ ＿＿＿＿＿＿＿＿＿＿＿＿＿＿＿＿＿＿＿＿＿＿＿＿＿。

② 洋服が汚れた・家へ帰って着替える
➡ ＿＿＿＿＿＿＿＿＿＿＿＿＿＿＿＿＿＿＿＿＿＿＿＿＿。

③ 新しい一年が来る・嫌なことを忘れる
➡ ＿＿＿＿＿＿＿＿＿＿＿＿＿＿＿＿＿＿＿＿＿＿＿＿＿。

第15課

4 （例）この夏から・仕事を始める
　➡ この夏から仕事を始めようと思います。

① 卒業後・国家試験を受ける
　➡ _____。

② 子供の教育費のため・お金を貯める
　➡ _____。

③ コロナ感染のため、オンライン会議に出る
　➡ _____。

5 （例）今年の夏休み、何をしますか。（日本へ行って実習する）
　➡ 今年の夏休み、日本へ行って実習しようと思います。

① この店はどうでしたか。（安くておいしいから、また来る）
　➡ _____。

② お正月はどうしますか。（ゆっくり寝たり食べたりする）
　➡ _____。

③ 子供の勉強はどうしますか。（学校に行かせたり問題を練習させたりする）
　➡ _____。

友達と 一緒に ゲームで 遊ぼう。

四 本文

MP3-45

飲み屋で

- 藤井： 山下さん、ボーナスをもらいましたか。
- 山下： まだです。来週、忘年会があります。その後、ボーナスをもらえると思います。忘年会の時に、会社の同僚とおいしいものを飲んだり食べたりしようと思います。
- 藤井： それは羨ましいですね。今年、うちの会社はボーナスをくれません。お正月に家でゆっくり休もうと思います。山下さんはお正月に何をしますか。
- 山下： 古里に帰ろうと思います。でも台湾新幹線の切符がなかなか買えません。困りました。
- 藤井： ちょうど私も旅行会社の友達に頼んで切符を買ってもらおうと思っています。一緒に頼みましょうか。
- 山下： それは助かります。よろしくお願いします。

第15課　友達と 一緒に ゲームで 遊ぼう。 | 171

第 15 課

五 日語文化直播

0 和 zero

　　被譽為日本動畫史上不朽經典名作的《新世紀福音戰士》（新世紀ヱヴァンゲリヲン），自 1995 年在電視上播出以來，歷經四分之一個世紀，終於在 2021 年 3 月以電影版「シン・エヴァンゲリオン劇場版:||」的方式上映完結，動畫裡所描繪的獨特世界觀，吸引了各種年齡層的觀眾成為死忠粉絲。電視電影中，包含微調進階版，據說前前後後總共出現過 37 款福音戰士，而其中第一款實驗機種是「零号機」（零號機）。這就是我的問題所在，「零」這個字，讀為「ゼロ」是正確的嗎？

　　在日語中，數字 0 有兩種讀音，「れい」和「ゼロ」。很顯然地，「れい」是漢字「零」的讀音，而「ゼロ」則來自英語 zero，是外來語，照理說不應該以漢字來標示。不過在實際使用上，的確有些時候會將「零」讀成「ゼロ」。

　　日本 NHK 電視台的新聞主播在播報新聞時的發音與用字，被公認為標準日語，所有播報員都經過嚴格的語言訓練。NHK 規定，數字 0 和漢字「零」原則上必須讀音為「れい」，但是比如「海抜 0 メートル」（海拔零公尺，與海平面同高）、「零戦」（零式艦上戰鬥機）等固有名詞，或是「やる気ゼロだ」（毫無幹勁）等慣用語，便可以使用慣用讀音。

　　順帶一提，「ヱヴァンゲリヲン」和「エヴァンゲリオン」，用現代語學的觀點來看發音是一樣的，「ヱ」是古文中使用的假名，本來的讀音為「we」，直到江戶時代，發音才逐漸與「エ」融合為一。至於福音戰士為什麼有兩種寫法，網路社交平台上議論紛紛，至今未有正解，可謂日本動畫史上的一大謎團啊。

附錄

1. 各課練習解答
2. 各課語彙一覽表
3. 品詞分類表
4. 動詞、形容詞、形容動詞的詞尾變化表
5. 日本行政區

附録

● 各課練習解答

第1課

1
① この問題は難しそうです。
② 彼女は嬉しそうです。
③ 新しい先生は怖そうです。
④ 明日も天気がよさそうです。

2
① 両親は心配そうです。
② このバッグは丈夫そうです。
③ その仕事は大変そうです。
④ この料理の作り方は簡単そうです。

3
① 今年は早く花が咲きそうです。
② 服のボタンが取れそうです。
③ まだ時間がかかりそうです。
④ 今年はこの商品が売れそうです。

4 請用「～そうです」描述眼前人事物之樣貌。

（略）

各課練習解答

第2課

1
1. 顔が赤くなりました。
2. この店のケーキがおいしくなりました。
3. 日本語の勉強が楽しくなりました。
4. 今、眠くなりました。

2
1. 操作が簡単になりました。
2. おばあちゃんは元気になりました。
3. 林さんは日本語が上手になりました。
4. 夜は静かになりました。

3
1. もう十二時になりました。
2. 阿部さんは課長になりました。
3. 私は二十歳になりました。
4. 木村さんの娘さんは看護師になりました。

4
1. 日本の小説を読んでみませんか。
2. ヨーロッパへ旅行に行ってみたいです。
3. あの素敵な人に会ってみたいです。
4. 台湾のタピオカミルクティーを飲んでみてください。

5 請用「～く（に）なりたい」・「～てみたい」說說自己的願望或想做的事。

（略）

附錄

第3課

1
① トマトを薄く切りました。
② もっと詳しく説明します。
③ 遊園地で楽しく遊んでいます。

2
① 子供は絵を上手にかきました。
② 彼女の笑顔はみんなを幸せにします。
③ お年寄りを大切にしてください。

3
① 帰りは来月にします。
② 会議は月曜日にしますか、水曜日にしますか。
③ 彼女のプレゼントはネックレスにします。
④ 飲み物はコーヒーにしますか、紅茶にしますか。

4
① けさ、寝坊してしまいました。
② 大切なパスポートをなくしてしまいました。
③ 電車に傘を忘れてしまいました。
④ きのう、デートに遅れてしまいました。

各課練習解答

第4課

1
1. 先生と話しながら、歩きます。
2. 彼はアルバイトをしながら、学校に通っています。
3. 料理番組を見ながら、料理を作ってみました。
4. 携帯電話で話しながら、運転してはいけません。

2
1. 家へ財布を取りに帰りました。
2. 去年、淡水へ日本語を勉強しに来ました。
3. 東京へ彼女に会いに行きたいです。
4. 午後、空港へ両親を見送りに行きました。

3
1. 今晩、友達が来ますから、ビールを買っておきました。
2. 明日読みますから、その資料をそこに置いておいてください。
3. 留学の前に簡単なことばを覚えておきましょう。
4. この歌は難しいですから、家でしっかり練習しておきます。
5. このことを次の会議までに考えておいてください。

4 週末要在家中舉辦派對，要先做好什麼呢？請用「～ておきます」回答。

（略）

附錄

第5課

1

買う	買わない	聞く	聞かない
壊す	壊さない	待つ	待たない
死ぬ	死なない	遊ぶ	遊ばない
休む	休まない	走る	走らない
いる	いない	教える	教えない
する	しない	来る	来ない

2
① 変なことを言わないでください。
② 答えは鉛筆で書かないでください。
③ 授業に遅刻しないでください。
④ 危ないですから、この道を通らないでください。

3
① 高いですから、買わないほうがいいです。
② 同僚が忙しいですから、会社を休まないほうがいいです。
③ この魚はあまり新鮮ではありませんから、食べないほうがいいです。

4
① 父は台風でも出かけなければなりません。
② テストがありますから、今晩家に帰って勉強しなければなりません。
③ 将来のために、今は我慢しなければなりません。

5 請用「～ないほうがいいです」或「～なければなりません」完成下列句子。

（略）

各課練習解答

第6課

1
① 高血圧になる現代人が毎年増えています。
② 台湾に来る観光客が多いです。
③ 追試験を受ける学生が少なくなります。

2
① 日本人と日本語で会話することができます。
② 会員は特別キャンペーンで割引することができます。
③ 外国人は銀行で両替することができます。

3
① 自然食品より人工食品のほうが安いです。
② 仕事より休暇のほうが気楽です。
③ 春休みより夏休みのほうが長いです。

4 請用「することができます」或「することができません」描述會的事或不會的事。

（略）

附錄

第7課

1

原形動詞	動詞＋過去式＋ことがあります
歌う	歌ったことがあります
書く	書いたことがあります
貸す	貸したことがあります
立つ	立ったことがあります
泳ぐ	泳いだことがあります
呼ぶ	呼んだことがあります
飲む	飲んだことがあります
降る	降ったことがあります
走る	走ったことがあります
見る	見たことがあります
起きる	起きたことがあります
勉強する	勉強したことがあります
来る	来たことがあります

各課練習解答

2
① 先週読んだ村上春樹の小説は面白かったです。
② さっき、見た連続ドラマはつまらなかったです。
③ このあいだ見たホラー映画は恐かったです。

3
① 村上春樹の小説を読んだことがあります。
② 観音山から淡水河を眺めたことがあります。
③ チャンピオンに挑戦したことがあります。

4
① タクシーで行ったほうが速いです。
② 郵便で送ったほうがいいです。
③ マスクをつけたほうが安全です。

5 請用「～たことがあります」描述曾經做過什麼事。
（略）

附錄

第8課

1

單字	後接續「たら」
（例）座(すわ)る	座(すわ)ったら
安(やす)い	安(やす)かったら
高(たか)い	高(たか)かったら
寝(ね)る	寝(ね)たら
出(で)る	出(で)たら
入(はい)る	入(はい)ったら
行(い)く	行(い)ったら
来(く)る	来(き)たら
歩(ある)く	歩(ある)いたら
運動(うんどう)する	運動(うんどう)したら

2
① 借(か)りたり貸(か)したりします。
② 寒(さむ)かったり暑(あつ)かったりします。
③ 見(み)えたり見(み)えなかったりします。

各課練習解答

3
① お盆に古里へ帰って、お墓参りしたり、友達に会ったりします。
② 連休に、ショッピングモールで買い物したり、食事したりします。
③ お正月にたくさん食べたり、よく寝たりしました。

4
① 先生に会ったら、よろしく伝えてください。
② 疲れたら、休んでください。
③ 家が新しかったら、家賃が高くなります。

5 若遇到下面的問題，你會怎麼辦呢？

（略）

附錄

第9課

1 ① 動詞接續「ば」時，要用「假定形」來接續。

（例）分(わ)かる	分(わ)かれば
払(はら)う	払(はら)えば
待(ま)つ	待(ま)てば
呼(よ)ぶ	呼(よ)べば
住(す)む	住(す)めば
乗(の)る	乗(の)れば
起(お)きる	起(お)きれば
見(み)る	見(み)れば
食(た)べる	食(た)べれば
来(く)る	来(く)れば
承知(しょうち)する	承知(しょうち)すれば
クリックする	クリックすれば

② 形容詞接續「ば」時，要用「假定形」來接續。

（例）高(たか)い	高(たか)ければ
遠(とお)い	遠(とお)ければ
近(ちか)い	近(ちか)ければ
安(やす)い	安(やす)ければ
面白(おもしろ)い	面白(おもしろ)ければ
つまらない	つまらなければ
寒(さむ)い	寒(さむ)ければ
暑(あつ)い	暑(あつ)ければ

各課練習解答

嬉しい	嬉しければ
いい	よければ

③ 形容動詞接續「ば」時，用「語幹＋ならば」，也可以省略掉「ば」。

（例）便利だ	便利ならば（便利なら）
素敵だ	素敵ならば（素敵なら）
静かだ	静かならば（静かなら）
立派だ	立派ならば（立派なら）
贅沢だ	贅沢ならば（贅沢なら）
綺麗だ	綺麗ならば（綺麗なら）
賑やかだ	賑やかならば（賑やかなら）
好きだ	好きならば（好きなら）
嫌いだ	嫌いならば（嫌いなら）

2
① 素敵な女性を食事に誘いたいですが、どう言えばいいですか。
② 先生に詫び状を出したいですが、どう書けばいいですか。
③ 彼女に謝りたいですが、どう話せばいいですか。

3
① 時間がなければ、タクシーで行きます。
② 父が承知しなければ、日本へ行きません。
③ 貯金があれば、新しいパソコンを買います。

附録

第9課

4
① 安ければ、買います。安くなければ、買いません。
② 部屋が綺麗なら、借ります。部屋が綺麗でなければ、借りません。
③ 分からなければ、聞きます。分かれば、聞きません。
④ 甘ければ、食べます。甘くなければ、食べません。

5
① 挨拶ならできます。
② 百円なら、貸します。
③ 東京なら一緒に旅行します。

各課練習解答

第10課

1
1. 私は李さんに食事券をあげました。
2. 私は母に指輪をあげました。
3. 先生は学生に辞書をあげました。

2
1. 父は私に入学のお祝いにパソコンをくれました。
   私は父から入学のお祝いにパソコンをもらいました。
2. 得意先は私にお返しにいい仕事をくれました。
   私は得意先からお返しにいい仕事をもらいました。
3. 大学は私に卒業式の招待状をくれました。
   私は大学から卒業式の招待状をもらいました。

3
1. 私は弟にテレビをつけてあげました。
2. 私は友達に誕生日の招待状を送ってあげました。
3. 私は後輩に入学を知らせてあげました。

4
1. 友達は私に説明をしてくれました。
   私は友達から説明をしてもらいました。
2. 同僚は私に日本料理の店を紹介してくれました。
   私は同僚から日本料理の店を紹介してもらいました。
3. 警察は私に赤信号を注意してくれました。
   私は警察から赤信号を注意してもらいました。

附録

第11課

1
1. 家が建てられます。
2. 卒業制作ができます。
3. プログラミングが書けます。

2
1. 料理ができます。
   料理をすることができます。
2. マラソンができます。
   マラソンをすることができます。
3. スピーチができます。
   スピーチをすることができます。

3
1. 質問に答えることができます。
2. クリスマスケーキを作ることができます。
3. ゴミを捨てることができます。

4
1. 日本人の名前が読めますか。
   いいえ、読めません。
2. 日本の演歌が歌えますか。
   いいえ、歌えません。
3. 刺身が食べられますか。
   いいえ、食べられません。

各課練習解答

5
1. テレワークで働きますから、お客様を訪問できません。
2. 親切にしてもらったことがありますから、その思い出が忘れられません。
3. 仕事が山ほどありますから、すぐ片付けられません。
4. 遠隔授業がありましたから、ご飯が食べられませんでした。
5. テレビ会議に出ますから、ゆっくり会えません。

附録

第12課

1
① 台湾は台風に襲われます。
② お年寄りは若者に助けられます。
③ 子供は母に育てられます。
④ この野菜は父に作られます。

2
① 子供は蚊に顔を刺されました。
② 私は泥棒にパスワードを盗まれました。
③ 私は姉に足を踏まれました。

3
① 台風に来られて、飛行機に乗れませんでした。
② 雨に降られて、風邪を引いてしまいました。
③ 泥棒に家に入られて、大変困っています。
④ 蚊に刺されて、顔が赤くなっています。
⑤ 子供に泣かれて、上司と電話できません。

各課練習解答

4

單字	れる／られる
（例）話す	話される
書く	書かれる
払う	払われる
打つ	打たれる
呼ぶ	呼ばれる
笑う	笑われる
入る	入られる
行く	行かれる
走る	走られる
休む	休まれる
出る	出られる
食べる	食べられる
忘れる	忘れられる
見る	見られる
来る	来られる
紹介する	紹介される
運動する	運動される

附録

第13課

1

(例) 書く	書かせる	書かせます	書かせない	書かせて
払う	払わせる	払わせます	払わせない	払わせて
帰る	帰らせる	帰らせます	帰らせない	帰らせて
言う	言わせる	言わせます	言わせない	言わせて
考える	考えさせる	考えさせます	考えさせない	考えさせて
食べる	食べさせる	食べさせます	食べさせない	食べさせて
寝る	寝させる	寝させます	寝させない	寝させて
入る	入らせる	入らせます	入らせない	入らせて
行く	行かせる	行かせます	行かせない	行かせて
連絡する	連絡させる	連絡させます	連絡させない	連絡させて
運動する	運動させる	運動させます	運動させない	運動させて
来る	来させる	来させます	来させない	来させて

2
① 上司が部下にお酒を飲ませています。
② 上司が部下に資料を読ませています。
③ お医者さんが患者に手術を受けさせています。
④ 父が息子に車の運転を習わせています。
⑤ 母が娘に手作りの料理を覚えさせています。
⑥ 政府が国民に税金を払わせています。

各課練習解答

3
① 弟が祖母を悲しませました。
② 妹が祖父を喜ばせました。
③ 学生が先生を怒らせました。
④ 犯人の仲間が犯人を逃げさせました。

4
① もう一度旅行について説明させていただけないでしょうか。
② 詳しく質問に答えさせていただけないでしょうか。
③ 家に用事ができましたので、早く帰らせていただけないでしょうか。
④ 説明したいことがありますので、上司に会わせていただけないでしょうか。

附錄

第14課

1
① 日本語の勉強はますます面白くなったと思います。
② 淡水は夕日が綺麗だと思います。
③ コロナ感染のため、就職は困難だと思います。
④ 彼は日本人だと思います。

2
① はい、土砂崩れは酷いと思います。
　いいえ、土砂崩れは酷くないと思います。
② はい、スマートスピーカーは便利だと思います。
　いいえ、スマートスピーカーは便利ではないと思います。
③ はい、私達のチームは勝てると思います。
　いいえ、私達のチームは勝てないと思います。

3
① 高鐵は日本語で「台湾新幹線」と言います。
② 淡水河は日本語で「淡水河」と言います。
③ 淡江大學は日本語で「淡江大学」と言います。

4
① 先生の家は立派だそうです。
② 李さんはスマートスピーカーを使って日本語を勉強しているそうです。
③ 日本は物価が高いそうです。
④ 世界で人工知能が流行っているそうです。

第15課

1

(例) 買う	買おう	買おうと思います
出す	出そう	出そうと思います
待つ	待とう	待とうと思います
言う	言おう	言おうと思います
着る	着よう	着ようと思います
見る	見よう	見ようと思います
寝る	寝よう	寝ようと思います
出る	出よう	出ようと思います
乗る	乗ろう	乗ろうと思います
起きる	起きよう	起きようと思います
食べる	食べよう	食べようと思います
忘れる	忘れよう	忘れようと思います
就職する	就職しよう	就職しようと思います
片付ける	片付けよう	片付けようと思います
実習する	実習しよう	実習しようと思います
冷やす	冷やそう	冷やそうと思います
来る	来よう	来ようと思います
勉強する	勉強しよう	勉強しようと思います
飲む	飲もう	飲もうと思います

附録

第15課

2
1. 咳が出たら、病院に行こう。
2. 熱が出たら、頭を冷やそう。
3. 疲れたら、タクシーに乗ろう。
4. 体が冷たくなったら、温泉に入ろう。

3
1. 日本円がないから、銀行へ行って両替しよう。
2. 洋服が汚れたから、家へ帰って着替えよう。
3. 新しい一年が来るから、嫌なことを忘れよう。

4
1. 卒業後、国家試験を受けようと思います。
2. 子供の教育費のため、お金を貯めようと思います。
3. コロナ感染のため、オンライン会議に出ようと思います。

5
1. この店は安くておいしいから、また来ようと思います。
2. お正月はゆっくり寝たり食べたりしようと思います。
3. 学校に行かせたり問題を練習させたりしようと思います。

各課語彙一覽表

單字	重音	日文漢字	詞性	中文	所在課別
あいすくりーむ／アイスクリーム	⑤		名	冰淇淋	第2課
あいて	③	相手	名	對方、對手	第14課
あかしんごう	③	赤信号	名	紅燈	第10課
あがる	⓪	上がる	動 五	上漲、上升	第1課
あじ	⓪	味	名	滋味、味道	第2課
あにめ／アニメ	①		名	動漫	第15課
あぶない	⓪③	危ない	形	危險的	第5課
あやまる	③	謝る	動 五	道歉	第9課
ありさん	②	阿里山	名	阿里山	第7課
あるく	②	歩く	動 五	步行、走	第4課
あるばいとだい／アルバイトだい	⓪	アルバイト代	名	打工費、工讀金	第15課
あんしんする	⓪	安心する	動 サ変	安心、放心	第13課
あんないする	③	案内する	動 サ変	接待、引導介紹	第9課
いがい	①	以外	名	～以外、之外	第2課
いたずら〔な〕	⓪	悪戯〔な〕	形動	頑皮的、淘氣的	第1課
いっしょうけんめい	⑤	一生懸命	名 形動	拚命	第2課
いっそう	⓪	一層	名 副	更加	第14課
いねむりする	③	居眠りする	動 サ変	打瞌睡	第8課
いや〔な〕	②	嫌〔な〕	形動	厭惡的、不愉快的	第5課
いんしょくする	⓪	飲食する	動 サ変	飲食	第5課
いんたーねっと／インターネット	⑤		名	網路	第11課
うかがう	⓪	伺う	動 五	詢問、拜訪	第13課
うける	②	受ける	動 下一	接受	第2課
うすい	⓪	薄い	形	薄的、淡的	第3課
うれしい	③	嬉しい	形	高興的、開心的	第1課
うれる	⓪	売れる	動 下一	暢銷	第1課
うわさ	⓪	噂	名	傳言、傳說	第14課
うん	①	運	名	運氣	第8課
うんてんする	⓪	運転する	動 サ変	駕駛	第4課

附錄

單字	重音	日文漢字	詞性	中文	所在課別
えがお	①	笑顔	名	笑容	第3課
えんか	①	演歌	名	日本演歌	第11課
えんかくじゅぎょう	⑤	遠隔授業	名	遠距教學、遠端學習	第11課
えんりょしないで	⑤	遠慮しないで	慣	請不要客氣	第1課
えんりょなく	④	遠慮なく	連	不客氣	第2課
おいしゃさん	⓪	お医者さん	名	醫生	第13課
おいわい	⓪	お祝い	名	祝賀的禮物或祝賀金	第10課
おおごと	⓪	大事	名	事態嚴重、重大事件	第8課
おおぜい	③	大勢	名	許多、人多	第6課
おかえし	⓪	お返し	名	回禮	第10課
おきまりでしょうか	⑥		慣	決定了嗎	第3課
おきゃくさま	④	お客様	名	客人	第9課
おきる	②	起きる	動 上一	起床、起來	第8課
おく	⓪	置く	動 五	放置	第4課
おくれる	⓪	遅れる	動 下一	遲到、誤點、落伍	第3課
おこる	②	怒る	動 五	生氣	第12課
おさきにしつれいします		お先に失礼します	慣	我先走了、我先告辭	第11課
おしょうがつ	⓪	お正月	名	過年、新年	第8課
おじゃまする	⓪	お邪魔する	動 サ変	妨礙、阻礙、打擾、拜訪	第5課
おす	⓪	押す	動 五	按下、推擠	第8課
おせわになりました		お世話になりました	慣	承蒙照顧	第4課
おそい	⓪	遅い	形	慢的、晚的	第3課
おちる	②	落ちる	動 上一	掉落	第1課
おつかれさまでした	⑦	お疲れ様でした	慣	辛苦了	第11課
おとしだま	⓪	お年玉	名	壓歲錢	第10課
おとしより	⓪	お年寄り	名	年長者、老人家	第3課
おとす	②	落とす	動 五	掉落、遺失、當掉學分	第12課

各課語彙一覽表

單字	重音	日文漢字	詞性	中文	所在課別
おはかまいり	④	お墓参り	名	掃墓	第8課
おぼえる	③	覚える	動 下一	記住、領會	第4課
おぼん	②	お盆	名	盂蘭盆節	第8課
おまたせしました	⑥	お待たせしました	慣	讓您久等了	第11課
おもいで	⓪	思い出	名	回憶	第11課
おりんぴっくせんしゅ／オリンピックせんしゅ	⑦	オリンピック選手	名	奧運選手	第2課
おんせん	⓪	温泉	名	溫泉	第15課
か	⓪	蚊	名	蚊子	第12課
かいいん	⓪	会員	名	會員	第6課
かいがいりょこうする	⑤	海外旅行する	動 サ変	出國旅遊	第15課
かいぎ	①	会議	名	會議	第4課
かいまくしき	④	開幕式	名	開幕式、開幕典禮	第10課
かいわする	⓪	会話する	動 サ変	對話、會話	第6課
かじ	①	火事	名	火災	第8課
かす	⓪	貸す	動 五	借出	第8課
かぜぐすり	③	風邪薬	名	感冒藥	第13課
かたづける	④	片付ける	動 下一	整理、解決	第11課
かちょう	⓪	課長	名	課長	第2課
かつ	①	勝つ	動 五	贏、獲勝	第14課
かなしい	⓪③	悲しい	形	悲傷的、悲哀的、難過的	第1課
かなしむ	③	悲しむ	動 五	傷心	第13課
かならず	⓪	必ず	副	一定、務必	第5課
かむ	①	噛む	動 五	咬	第12課
かめらまん／カメラマン	③		名	攝影師	第10課
かよう	⓪	通う	動 五	通學、通勤	第4課
からい	②	辛い	形	辣的	第1課
かりる	⓪	借りる	動 上一	借入	第8課
かわいい	③	可愛い	形	可愛的、心愛的	第5課
かわく	②	渇く	動 五	口渴	第15課
かんがえる	④③	考える	動 下一	思考、考慮	第4課

附錄

單字	重音	日文漢字	詞性	中文	所在課別
かんげいする	⓪	歓迎する	動 サ変	歡迎	第12課
かんこうきゃく	③	観光客	名	觀光客	第6課
かんごし	③	看護師	名	護理師	第2課
かんじゃ	⓪	患者	名	患者、病患	第13課
かんのんざん	③	観音山	名	觀音山	第7課
がっきゅういいん	⑤	学級委員	名	班長	第3課
がまんする	①	我慢する	動 サ変	忍住、忍耐	第5課
がめん	①⓪	画面	名	畫面	第8課
がんばる	③	頑張る	動 五	努力、加油	第5課
きがえる	③	着替える	動 下一	換衣服	第15課
きけん〔な〕	⓪	危険〔な〕	名 形動	危險的	第14課
きたいする	⓪	期待する	動 サ変	期待	第2課
きっちん／キッチン	①		名	廚房	第3課
きっと	⓪		副	一定	第2課
きゅうか	⓪	休暇	名	休假	第6課
きゅうきゅうしゃ	③	救急車	名	救護車	第8課
きゅうようする	⓪	休養する	動 サ変	休息、休養	第15課
きゅうりょう	①	給料	名	薪水	第12課
きょういくひ	④	教育費	名	教育費	第15課
きらく〔な〕	⓪	気楽〔な〕	形動	輕鬆自在的	第6課
きりかえる	③④⓪	切り替える	動 下一	轉換	第9課
きんがく	⓪	金額	名	金額	第8課
きんこ	①	金庫	名	金庫、保險箱	第12課
きんちょうする	⓪	緊張する	動 サ変	緊張	第6課
ぎゅうどん	⓪	牛丼	名	牛肉蓋飯	第3課
ぎょくざん	②	玉山	名	玉山	第7課
くち	⓪	口	名	口、嘴	第3課
くやしい	③	悔しい	形	後悔的、懊惱的、不甘心的	第3課
くらす	⓪	暮らす	動 五	生活	第9課
くらすめーと／クラスメート	④		名	同班同學	第12課
くりすますけーき／クリスマスケーキ	⑥		名	聖誕蛋糕	第11課

各課語彙一覽表

單字	重音	日文漢字	詞性	中文	所在課別
くりっくする／クリックする	②		動 サ変	按一下、（滑鼠）點擊	第9課
くるーずせん／クルーズせん	⓪	クルーズ船	名	豪華郵輪	第6課
くわしい	③	詳しい	形	詳細的	第3課
けいき	⓪	景気	名	景氣	第14課
けいこ	①	稽古	名	練習、修習	第4課
けいさつ	⓪	警察	名	警察	第10課
けっこう	①	結構	形動 副	很棒、很	第14課
けっこんしき	③	結婚式	名	婚禮	第5課
けんこうてき〔な〕	⓪	健康的〔な〕	形動	健康的	第6課
げんりょうする	⓪	減量する	動 サ変	減量	第8課
こうけつあつ	③④	高血圧	名	高血壓	第6課
こうざ	⓪	口座	名	戶頭	第12課
こくみん	⓪	国民	名	國民	第12課
ここあ／ココア	①②		名	可可	第3課
こたえる	③②	答える	動 下一	回答	第3課
こっかいぎいん	⑤	国会議員	名	國會議員	第14課
こっかしけん	④⑤	国家試験	名	公務人員考試	第15課
こつこつと	①		副	孜孜不倦、勤奮	第9課
ことば	③	言葉	名	話語、言語	第4課
ことわざ	⓪	諺	名	慣用句、諺語	第9課
このあいだ	⑤⓪		副	前不久、上次	第7課
こまる	②	困る	動 五	困擾、苦惱、為難	第1課
ころっけ／コロッケ	①		名	可樂餅	第1課
ころなかんせん／コロナかんせん	④	コロナ感染	名	感染新冠肺炎	第14課
こわい	②	怖い	形	可怕的、恐怖的	第1課
こわす	②	壊す	動 五	損壞、破壞	第3課
こんなん〔な〕	①	困難〔な〕	名 形動	困難的	第14課
ごちそうする	⓪	ご馳走する	動 サ変	請客	第10課
ごみ	②		名	垃圾	第11課
さく	⓪	咲く	動 五	開花	第1課
さす	①	刺す	動 五	叮咬、刺	第12課

附錄

單字	重音	日文漢字	詞性	中文	所在課別
さそう	0	誘う	動五	邀、約	第7課
さっき	1		副	剛剛	第7課
さどう	1	茶道	名	茶道	第4課
さびしい	3	寂しい	形	寂寞的、難過的、冷清的	第4課
ざんねん〔な〕	3	残念〔な〕	形動	可惜的、遺憾的	第3課
しあわせ〔な〕	0	幸せ〔な〕	形動	幸福的	第1課
しかも	1		接續	而且	第6課
しかる	0	叱る	動五	斥責、責備	第12課
しぜんしょくひん	4	自然食品	名	天然食品	第6課
しっかり	3		副	著實地、好好地、牢牢地	第4課
しっぱいする	0	失敗する	動 サ変	失敗	第7課
しぬ	0	死ぬ	動五	死亡、身故	第5課
しばらく	2	しばらく	副	短暫、暫時	第11課
しゃいんますかっと／シャインマスカット	6		名	麝香葡萄	第7課
しゃちょう	0	社長	名	社長、總經理	第11課
しゅーくりーむ／シュークリーム	4		名	泡芙	第1課
しゅうしょくする	0	就職する	動 サ変	就業	第14課
しゅうそくする	0	収束する	動 サ変	緩和、結束	第14課
しゅじゅつ	1	手術	名	手術	第13課
しゅっせきする	0	出席する	動 サ変	出席、參加	第5課
しゅみ	1	趣味	名	嗜好	第4課
しょうかいする	0	紹介する	動 サ変	介紹	第10課
しょうがくきん	0	奨学金	名	獎學金	第15課
しょうじき〔な〕	3	正直〔な〕	形動	老實的、誠實的	第3課
しょうたいじょう	0 3	招待状	名	邀請函、請帖	第10課
しょうちする	0	承知する	動 サ変	同意、了解	第9課
しょうばい	1	商売	名	生意	第10課
しょうひん	1	商品	名	商品、貨品	第1課
しょうらい	1	将来	名	將來	第2課
しょくじけん	3	食事券	名	餐券	第10課
しょしんしゃ	2	初心者	名	初學者	第7課
しょっぴんぐもーる／ショッピングモール	6		名	購物中心	第8課

各課語彙一覽表

單字	重音	日文漢字	詞性	中文	所在課別
しようする	⓪	使用する	動 サ変	使用	第4課
しらせる	⓪	知らせる	動 下一	通知	第10課
しらべる	③	調べる	動 下一	調查、查詢	第2課
しりょう	①	資料	名	資料	第2課
しんがた	⓪	新型	名	新型、新款式	第12課
しんさく	⓪	新作	名	新作品	第15課
しんせいする	⓪	申請する	動 サ変	申請	第15課
しんせき	⓪	親戚	名	親戚	第8課
しんにゅうしゃいん	⑤	新入社員	名	新進人員	第13課
しんはつばい	③	新発売	名	新發售、新上市	第2課
しんぱい〔な〕	⓪	心配〔な〕	形動	擔心的	第1課
じこ	①	事故	名	事件、車禍	第8課
じっしゅうする	⓪	実習する	動 サ変	實習	第15課
じどう	①	児童	名	兒童	第13課
じむ／ジム	②		名	健身中心	第6課
じゃまする	⓪	邪魔する	動 サ変	打擾、妨礙	第12課
じゅうでんする	⓪	充電する	動 サ変	充電	第4課
じゅうぶん〔な〕	③	十分〔な〕	形動	足夠的、充分的	第9課
じゅぎょうりょう	②	授業料	名	學費	第13課
じゅんびたいそう	④	準備体操	名	預備操、暖身操	第5課
じょうぶ〔な〕	⓪	丈夫〔な〕	形動	耐用的、結實的	第1課
じんこうしょくひん	⑤	人工食品	名	加工食品	第6課
じんこうちのう	⑤	人工知能	名	人工智慧、AI	第14課
すいえいぼうし	⑤	水泳帽子	名	泳帽	第5課
すいせんじょう	⓪③	推薦状	名	推薦函	第10課
すきやき	⓪	すき焼き	名	壽喜燒	第11課
すく	⓪	空く	動 五	餓、空	第15課
すくなくとも	③	少なくとも	副	至少	第15課
すたっふ／スタッフ	②		名	工作人員	第13課
すぴーちする／スピーチする	②		動 サ変	演講、發表談話	第6課
すまーとすぴーかー／スマートスピーカー	⑥		名	智慧音箱	第14課

附錄

單字	重音	日文漢字	詞性	中文	所在課別
せいいっぱい	④	精一杯	副	竭盡全力	第9課
せいか	①	成果	名	成果	第9課
せいかく	⓪	性格	名	個性	第6課
せいこうする	⓪	成功する	動 サ変	成功	第7課
せいじんしき	③	成人式	名	成人禮	第13課
せいふ	①	政府	名	政府	第12課
せき	②	咳	名	咳嗽	第15課
せんせいのひ	③	先生の日	名	教師節	第10課
ぜいきん	⓪	税金	名	稅金	第12課
ぜいたく〔な〕	③④	贅沢〔な〕	形動 名	奢侈的	第9課
ぜいたくを いわなければ		贅沢を 言わなければ	慣	不要求過多的話	第9課
ぜひとも	①		副	一定、務必	第7課
ぜんぶ	①	全部	副	全部	第3課
そうおん	⓪	騒音	名	噪音	第12課
そうさ	①	操作	名	操作	第2課
そだてる	③	育てる	動 下一	撫養、培育	第12課
そつぎょう	⓪	卒業	名	畢業	第10課
そつぎょうせいさく	⑤	卒業制作	名	畢業專題製作	第11課
そら	①	空	名	天空	第1課
それで	⓪		接續	那麼、然後呢	第3課
そろそろ	①		副	不久、差不多該	第1課
そんする	①	損する	動 サ変	損失、虧損	第6課
そんなに	⓪		副	那麼地	第4課
たいきょくけん	④	太極拳	名	太極拳	第11課
たいしょくご	⓪	退職後	名	退休後	第15課
たいちょう	⓪	体調	名	身體狀況、健康狀況	第5課
たいふう	③	台風	名	颱風	第12課
たくしー／タクシー	①		名	計程車	第9課
たくしーだい／タクシーだい	⓪	タクシー代	名	計程車資	第9課
たすかる	③	助かる	動 五	得救、有用	第15課
たすける	③	助ける	動 下一	幫助	第12課
たつ	①	経つ	動 五	（時間）經過	第4課

各課語彙一覽表

單字	重音	日文漢字	詞性	中文	所在課別
たてる	②	建てる	動 下一	建造	第11課
たのしむ	③	楽しむ	動 五	享受、以~為樂	第4課
ため	②		名	為、益處、利益	第2課
ためる	⓪	貯める	動 下一	儲存	第15課
たんい	①	単位	名	學分	第10課
たんじょうび	③	誕生日	名	生日	第10課
だいえっと／ダイエット	①		名	減肥	第7課
ちーむ／チーム	①		名	團隊、隊伍	第14課
ちちのひ	②	父の日	名	父親節	第10課
ちゃくようする	⓪	着用する	動 サ変	著裝、配戴	第5課
ちゃんぴおん／チャンピオン	①		名	冠軍	第7課
ちゅういじこう	④	注意事項	名	注意事項	第5課
ちゅういする	①	注意する	動 サ変	提醒、注意	第10課
ちゅうしする	⓪	中止する	動 サ変	中斷、停止	第13課
ちゅうもん	⓪	注文	名	訂購、點餐	第3課
ちょうせんする	⓪	挑戦する	動 サ変	挑戰	第7課
ちょきん	⓪	貯金	名	存款	第9課
ついしけん	③④	追試験	名	補考	第6課
つうやくする	①	通訳する	動 サ変	口譯	第11課
つきみだんご	④	月見団子	名	月見丸子	第7課
つくりかた	④	作り方	名	做法	第1課
つごう	⓪	都合	名	情況、時間上方便與否	第4課
つづける	⓪	続ける	動 下一	持續	第7課
つなみ	⓪	津波	名	海嘯	第14課
てぃらみす／ティラミス	①		名	提拉米蘇	第2課
ていきけんさ	④	定期検査	名	定期檢查	第15課
てづくり	②	手作り	名	手工、手工製作	第13課
てれびかいぎ／テレビかいぎ	④	テレビ会議	名	視訊會議	第11課
てれわーく／テレワーク	③		名	居家辦公	第11課
てんきよほう	④	天気予報	名	氣象預測、氣象預報	第14課

附錄

單字	重音	日文漢字	詞性	中文	所在課別
てんきんする	0	転勤する	動 サ変	調職	第14課
てんぼうだい	0	展望台	名	眺望臺	第7課
でーと／デート	1		名	約會	第3課
でじたるかめら／デジタルカメラ	5		名	數位相機	第3課
でんきりょうきん	4	電気料金	名	電費	第1課
といれ／トイレ	1		名	廁所	第13課
とうせんする	0	当選する	動 サ変	當選	第14課
とおる	1	通る	動 五	通過、經過	第5課
とくいさき	0	得意先	名	客戶	第10課
とくする	0	得する	動 サ変	獲利、賺到	第6課
とくべつキャンペーン	7	特別キャンペーン	名	促銷活動	第6課
とまと／トマト	1		名	番茄	第3課
とめる	0	止める、停める	動 下一	停下、停住、停（車）	第5課
とれる	2	取れる	動 下一	脫落、掉下	第1課
どうしましたか	1		慣	怎麼了	第3課
どうりょう	0	同僚	名	同事、同仁	第5課
どくりつする	0	独立する	動 サ変	獨立、自立	第13課
どしゃくずれ	3	土砂崩れ	名	土石坍方	第14課
どりょくする	1	努力する	動 サ変	努力	第9課
なかま	3	仲間	名	夥伴	第13課
ながいきする	3	長生きする	動 サ変	長壽	第6課
ながめる	3	眺める	動 下一	眺望	第7課
なく	0	泣く	動 五	哭、哭泣	第1課
なくす	0	無くす	動 五	丟失、失去	第3課
なつめそうせき	4	夏目漱石	名	日本近代文豪夏目漱石	第7課
なんかいも	1	何回も	副	多次、好幾次	第9課
にがい	2	苦い	形	苦的	第11課
にげる	2	逃げる	動 下一	逃跑	第13課
にほんごのうりょくしけん	9	日本語能力試験	名	日本語能力測驗	第2課
にゅうがく	0	入学	名	入學	第10課

各課語彙一覽表

單字	重音	日文漢字	詞性	中文	所在課別
にゅうじょうけん	③	入場券	名	入場券	第10課
によると	③		慣	根據某個資訊或某人說法	第14課
ぬすむ	②	盗む	動 五	偷竊	第12課
ねっくれす／ネックレス	①		名	項鍊	第3課
ねつ	②	熱	名	發燒	第15課
ねばりづよく	④	粘り強く	副	執著	第7課
ねぼうする	⓪	寝坊する	動 サ変	睡過頭、貪睡	第3課
ねむい	⓪②	眠い	形	睏的、想睡的	第2課
ねんがじょう	⓪③	年賀状	名	賀年片	第9課
のど	①	喉	名	喉嚨	第15課
はしる	②	走る	動 五	跑、奔跑、奔馳	第5課
はじめて	②		副	初次、第一次	第2課
はっかー／ハッカー	①		名	駭客	第12課
はなたば	②③	花束	名	捧花、花束	第10課
ははのひ	①	母の日	名	母親節	第10課
はやる	②	流行る	動 五	流行	第14課
はらう	②	払う	動 五	支付	第9課
はる	①	春	名	春、春天	第2課
はんかち／ハンカチ	③		名	手帕	第4課
はんにん	①	犯人	名	嫌犯	第13課
ばすけっとぼーる／バスケットボール	⑥		名	籃球	第10課
ばっぐ／バッグ	①		名	包包、手提包、公事包	第1課
ぱすする／パスする	①	パスする	動 サ変	通過、合格	第15課
ぱすぽーと／パスポート	③		名	護照	第3課
ぱすわーど／パスワード	③		名	密碼	第12課
ひえしょう	③	冷え性	名	常手腳冰冷	第6課
ひっきしけん	④⑤	筆記試験	名	筆試	第6課
ひっこす	③	引っ越す	動 五	搬家	第14課

附錄

單字	重音	日文漢字	詞性	中文	所在課別
ひとごみ	0	人ごみ	名	人潮、人山人海	第9課
ひとりぐらし	4	一人暮らし	名	獨居	第12課
ひどい	2	酷い	形	糟糕的、過分的	第14課
ひび	1	日々	名	天天、每天	第2課
ひゃくじゅうきゅうばん	5	119番	名	119 緊急報案專線	第8課
ひゃくとおばん	3	110番	名	110 緊急報案專線	第8課
ひやす	2	冷やす	動 五	使~冷靜、冰鎮	第15課
びょうき	0	病気	名	生病、病	第2課
ふえる	2	増える	動 下一	增加	第6課
ふじさん	1	富士山	名	富士山	第7課
ふまん〔な〕	0	不満〔な〕	形	不平的、不滿的	第1課
ふむ	0	踏む	動 五	踩、踏	第12課
ふるさと	2	古里	名	老家、故鄉	第8課
ふれる	0	触れる	動 下一	接觸、觸及	第4課
ぶか	1	部下	名	部下、屬下	第13課
ぶっか	0	物価	名	物價	第2課
ぶんか	1	文化	名	文化	第4課
ぶんしょう	1	文章	名	文章	第11課
ぷれぜんてーしょんする／プレゼンテーションする	5		動 サ変	簡報	第6課
ぷろぐらみんぐ／プログラミング	4		名	程式設計	第11課
ぷろだんさー／プロダンサー	3		名	職業舞蹈家、職業舞者	第2課
へん〔な〕	1	変〔な〕	形動	奇怪的、不尋常的	第5課
ほうほう	0	方法	名	方法	第2課
ほか	0	他	名	其他	第4課
ほてる／ホテル	1		名	旅館	第4課
ほめる	2	褒める	動 下一	讚美	第12課
ほらーえいが／ホラーえいが	4	ホラー映画	名	恐怖片	第7課
ほんとう	0	本当	名	真的	第4課
ほんやくする	0	翻訳する	動 サ変	翻譯	第11課
ぼうねんかい	3	忘年会	名	尾牙	第15課

各課語彙一覽表

單字	重音	日文漢字	詞性	中文	所在課別
ぼたん／ボタン	0		名	鈕扣、扣子	第1課
ぼらんてぃあ／ボランティア	2		名	義工、志工	第15課
まーぼーどうふ／マーボーどうふ	5	麻婆豆腐	名	麻婆豆腐	第1課
まける	0	負ける	動 下一	輸	第14課
まご	2	孫	名	孫子	第2課
ますく／マスク	1		名	口罩	第9課
ますます	2		副	更加、越發	第14課
まちがえる	3 4	間違える	動 下一	犯錯、弄錯	第8課
まっちゃ	0	抹茶	名	抹茶	第3課
まつ	1	待つ	動 五	等、等待	第5課
まふらー／マフラー	1		名	圍巾	第9課
まらそん／マラソン	0		名	馬拉松	第11課
まわり	0	周り	名	周圍、四周	第5課
みえる	2	見える	動 下一	看到	第8課
みおくる	0	見送る	動 五	送行、目送	第4課
みずぎ	0	水着	名	泳裝、泳衣	第5課
みのる	2	実る	動 五	開花結果、結實	第9課
みまん	1	未満	名	未滿	第8課
みやこ	0	都	名	首都、都市	第9課
みやざきはやお		宮崎駿	名	宮崎駿	第15課
みんな	3	皆	名	皆、都、大家	第2課
むすこ	0	息子	名	兒子	第1課
むすめ	3	娘	名	女兒	第1課
むらかみはるき	5	村上春樹	名	日本當代著名作家村上春樹	第7課
むり（な）	1	無理〔な〕	形動	不行、有難度、勉強	第13課
むりょう	0	無料	名	免費	第8課
めいし	0	名刺	名	名片	第10課
めいぶつ	1	名物	名	名產	第7課
めざましどけい	5	目覚まし時計	名	鬧鐘	第11課
めんせき	1	面積	名	面積	第6課

附錄

單字	重音	日文漢字	詞性	中文	所在課別
めんせつしけん	⑤⑥	面接試験	名	面試	第6課
もっと	①		副	更	第3課
もんだい	⓪	問題	名	問題	第1課
やきとり	⓪	焼き鳥	名	烤雞肉串	第4課
やきゅう	⓪	野球	名	棒球	第15課
やくそく	⓪	約束	名	約定	第12課
やせる	⓪	痩せる	動 下一	瘦	第8課
やちん	①	家賃	名	房租	第8課
やぶる	②	破る	動 五	打破、毀約	第12課
やまのぼり	③	山登り	名	爬山	第7課
やまほど	②	山ほど	副	一堆、很多	第9課
やめる	⓪	辞める	動 下一	辭職	第5課
やる	⓪		動 五	做	第4課
やわらかい	④	柔らかい	形	柔軟的	第12課
ゆうえんち	③	遊園地	名	遊樂園	第3課
ゆしゅつする	⓪	輸出する	動 サ変	出口	第7課
ゆたか〔な〕	①	豊か〔な〕	形動	富裕的、豐富的	第6課
ゆにゅうする	⓪	輸入する	動 サ変	進口	第7課
ゆびわ	⓪	指輪	名	戒指	第10課
よーろっぱ／ヨーロッパ	③		名	歐洲	第2課
よういする	①	用意する	動 サ変	準備	第4課
ようじ	⓪	用事	名	要事、事情	第11課
ようちえん	③	幼稚園	名	幼兒園、幼稚園	第13課
よごれる	⓪	汚れる	動 下一	汙漬、弄髒	第15課
よぶ	⓪	呼ぶ	動 五	呼叫	第8課
よやくする	⓪	予約する	動 サ変	預約	第4課
よろこぶ	③	喜ぶ	動 五	歡喜、高興	第12課
よろしくつたえる	⓪	よろしく伝える	慣	問候	第8課
りっぱ〔な〕	⓪	立派〔な〕	形動	雄偉的、有為的、壯觀的	第7課
りゅうがくせい	③	留学生	名	留學生	第2課
りょうがえする	⓪	両替する	動 サ変	匯兌、換錢	第6課
りょうしん	①	両親	名	雙親	第4課
りょうりばんぐみ	④	料理番組	名	烹飪節目	第4課
りようじょう	⓪	利用上	名	使用上	第5課

各課語彙一覧表

單字	重音	日文漢字	詞性	中文	所在課別
るーむめーと／ルームメート	4		名	室友	第14課
れきし	0	歴史	名	歷史	第11課
れもんてぃー／レモンティー	2		名	檸檬茶	第3課
れんきゅう	0	連休	名	連假	第8課
れんぞくドラマ	5	連続ドラマ	名	連續劇	第7課
れんらくする	0	連絡する	動 サ変	聯絡	第8課
ろうか	0	廊下	名	走廊	第5課
わかもの	0	若者	名	年輕人	第6課
わがはいはねこである	6	吾輩は猫である	名	小說名《我是貓》	第7課
わすれもの	0	忘れ物	名	遺失物、忘記帶走的物品	第3課
わびじょう	0	詫び状	名	道歉信	第9課
わらう	0	笑う	動 五	笑	第8課
わりびき	0	割引	名	打折、折扣	第6課

附錄

● 品詞分類表

（本分類表乃依據日本中學生所學的國語文法，並附上日語教育文法的說明）

単語	自立語	有語形變化可以當作述語		表示事物的動作、作用，以う音結尾
				表示事物的性質、狀態，以い結尾
				表示事物的性質、狀態，以だ結尾，詞尾變成な修飾體言
				可以當作主語，表示事物的名稱、數量、順序
		無語形變化	不能當作主語	修飾用言，表示情態、程度或前後呼應的陳述性
				修飾名詞類，表示性質、狀態
				在句中承上接下，連接單詞或句子
				表示感嘆、呼叫、應答

品詞分類表

動詞 1. 五段動詞（又可稱為第一類動詞） 2. 上一段動詞（又可稱為第二類動詞） 3. 下一段動詞（又可稱為第二類動詞） 4. カ行変格動詞（又稱第三類動詞）：「来る」 5. サ行変格動詞（又稱第三類動詞）：「する」	1. 五段動詞（第一類動詞）：例如：「言う」、「書く」、「泳ぐ」、「読む」、「切る」。 2. 上一段動詞（又稱第二類動詞）：「起きる」、「落ちる」、「過ぎる」、「浴びる」、「閉じる」、「尽きる」、「生きる」等。還有外型特殊不像上述條件的「見る」、「着る」等。 3. 下一段動詞（又稱第二類動詞）：例如：「食べる」、「求める」、「調べる」、「覚える」、「忘れる」、「流れる」、「植える」等。 4. カ行変格動詞（又稱第三類動詞）：「来る」。 5. サ行変格動詞（又稱第三類動詞）：「する」。「散歩」、「勉強」、「調査」等名詞加上「する」成為「サ変格複合動詞」，也歸類在此。
形容詞（イ形容詞）	暑い、高い、赤い、おいしい……
形容動詞（ナ形容詞）	有名だ、元気だ、すてきだ、静かだ、暇だ……
名詞	日本、台湾人、椅子、自動車、水…… わたし、あなた、彼、彼女…… こと、もの……
副詞	ちょっと、ときどき、いつも、まだ、もし、まるで……
連体詞 連体詞沒有詞形變化	この、その、あの、どの／わが…… 大きな、小さな、おかしな、いろんな…… たいした、とんだ…… ある、あらゆる、いわゆる……
接続詞	そして、だから、それで、そこで…… しかし、でも、けれども…… あるいは、また……
感動詞	ああ、あれ、もしもし、あら、えー…… はい、いいえ、さあ、うん…… こんにちは、こんばんは、さようなら……

附錄

単語	付属語	有語形變化	接在其他品詞之下,增添語意
		無語形變化	接在其他品詞之下,表示各文節之關係

品詞分類表

助動詞	受け身・可能・自発・尊敬：れる、られる 使役：せる、させる 打消：ない、ぬ 推量・意思：う、よう、まい 希望：たい、たがる 丁寧：ます 過去・完了・存続・確認：た、だ 様態・伝聞：そうだ 比喩・推定・例示：ようだ 推定：らしい 断定：だ 丁寧な断定：です
助詞	格助詞：が、の、を、に、へ、と、より、から、で、や 接続助詞：ば、と、ても、けれど、ながら、が、のに、ので、から、し…… 副助詞：は、も、こそ、さえ、でも、ばかり、など、か 終助詞：か、な、ね、よ、ぞ、とも、なあ、や、わ、ねえ、さ

附錄

● 動詞、形容詞、形容動詞的詞尾變化表

国文法活用名		未然形			連用形	連用形
日本語文法 活用名		ない形 否定形	受動形 受身形 被動形	使役形	連用形 動詞ます形	音便形 て形
付加形式		〜ない	〜れる 〜られる	〜せる 〜させる	〜ます	〜て
動詞	五段活用 / 第一類動詞 / 動詞 / 子音動詞	行かない 泳がない 話さない 待たない 死なない 遊ばない 住まない 乗らない 買わない	行かれる 泳がれる 話される 待たれる 死なれる 遊ばれる 住まれる 乗られる 買われる	行かせる 泳がせる 話させる 待たせる 死なせる 遊ばせる 住ませる 乗らせる 買わせる	行き 泳ぎ 話し 待ち 死に 遊び 住み 乗り 買い	行って 泳いで 話して 待って 死んで 遊んで 住んで 乗って 買って
	上一段活用 / 第二類動詞 / 動詞 / 母音動詞	起きない 食べない	起きられる 食べられる	起きさせる 食べさせる	起き 食べ	起きて 食べて
	サ行・カ行変格 活用動詞 / 第三類動詞 / 不規則動詞	しない 来ない	される 来られる	させる 来させる	し 来	して 来て
形容詞 イ形容詞		暑くない 暑くありません			暑く	暑くて
形容動詞 ナ形容詞		静かで（は）ない 静かで（は） ありません			静かで 静かに	静かで

動詞、形容詞、形容動詞的詞尾變化表

連用形	終止形 連体形	仮定形	命令形		未然形
音便形 過去形 た形	辞書形 基本形	ば形 条件形	命令形	可能形	推量形 意志形
〜た		〜ば			〜う 〜よう
行った 泳いだ 話した 待った 死んだ 遊んだ 住んだ 乗った 買った	行く 泳ぐ 話す 待つ 死ぬ 遊ぶ 住む 乗る 買う	行けば 泳げば 話せば 待てば 死ねば 遊べば 住めば 乗れば 買えば	行け 泳げ 話せ 待て 死ね 遊べ 住め 乗れ 買え	行ける 泳げる 話せる 待てる 死ねる 遊べる 住める 乗れる 買える	行こう 泳ごう 話そう 待とう 死のう 遊ぼう 住もう 乗ろう 買おう
起きた 食べた	起きる 食べる	起きれば 食べれば	起きろ・起きよ 食べろ・食べよ	起きられる 食べられる	起きよう 食べよう
した 来た	する 来る	すれば 来れば	しろ せよ 来い	来られる 来れる	しよう 来よう
暑かった	暑い 暑いです	暑ければ			
静かだった	静かだ 静かです	静かなら			

附録

● 日本行政區

おきなわ
沖縄

ほっかいどう
北海道

とうほく
東北

ちゅうぶ
中部

ちゅうごく
中国

きゅうしゅう
九州

かんとう
関東

きんき
近畿

しこく
四国

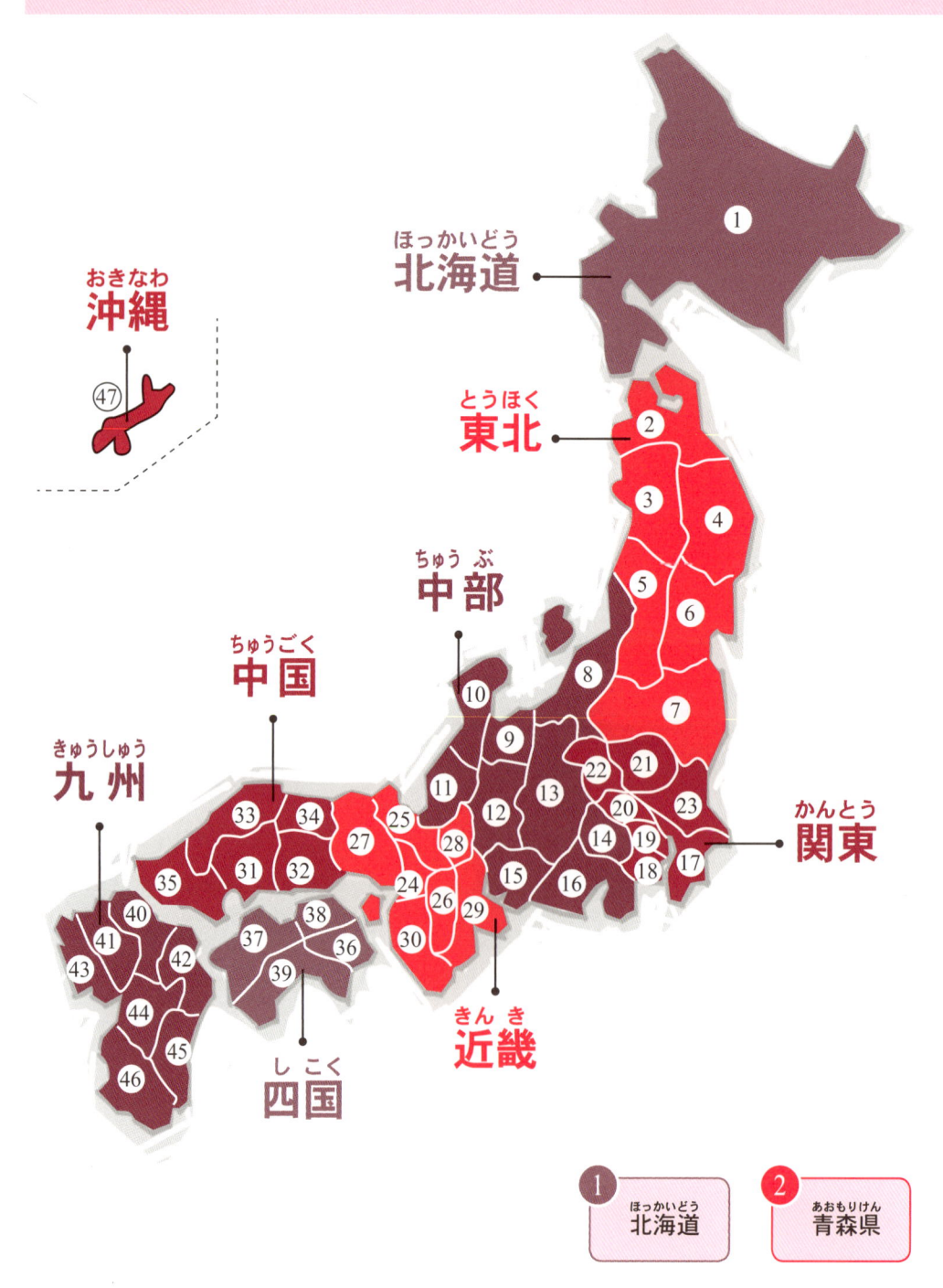

| ① ほっかいどう 北海道 | ② あおもりけん 青森県 |

日本行政區

③ あきたけん 秋田県	④ いわてけん 岩手県	⑤ やまがたけん 山形県	⑥ みやぎけん 宮城県	⑦ ふくしまけん 福島県
⑧ にいがたけん 新潟県	⑨ とやまけん 富山県	⑩ いしかわけん 石川県	⑪ ふくいけん 福井県	⑫ ぎふけん 岐阜県
⑬ ながのけん 長野県	⑭ やまなしけん 山梨県	⑮ あいちけん 愛知県	⑯ しずおかけん 静岡県	⑰ ちばけん 千葉県
⑱ かながわけん 神奈川県	⑲ とうきょうと 東京都	⑳ さいたまけん 埼玉県	㉑ とちぎけん 栃木県	㉒ ぐんまけん 群馬県
㉓ いばらきけん 茨城県	㉔ おおさかふ 大阪府	㉕ きょうとふ 京都府	㉖ ならけん 奈良県	㉗ ひょうごけん 兵庫県
㉘ しがけん 滋賀県	㉙ みえけん 三重県	㉚ わかやまけん 和歌山県	㉛ ひろしまけん 広島県	㉜ おかやまけん 岡山県
㉝ しまねけん 島根県	㉞ とっとりけん 鳥取県	㉟ やまぐちけん 山口県	㊱ とくしまけん 徳島県	㊲ えひめけん 愛媛県
㊳ かがわけん 香川県	㊴ こうちけん 高知県	㊵ ふくおかけん 福岡県	㊶ さがけん 佐賀県	㊷ おおいたけん 大分県
㊸ ながさきけん 長崎県	㊹ くまもとけん 熊本県	㊺ みやざきけん 宮崎県	㊻ かごしまけん 鹿児島県	㊼ おきなわけん 沖縄県

執筆者

曾秋桂
- 嘉義大林出生
- 1993 年取得日本廣島大學博士
- 現任淡江大學日本語文學系教授、村上春樹研究中心主任。
- 同時擔任台灣日語教育學會理事長、台灣日本語文學會理事、日本森鷗外記念會評議委員。與落合由治教授共同出版《我的第一堂日文專題寫作課》、《我的進階日文專題寫作課》、《一點就通！我的第一堂日語作文課》、《日語舊假名學習：與夏目漱石共遊歷史假名標示的世界》、《日本文學賞析：多和田葉子「不死之島」》等。曾翻譯多和田葉子的《獻燈使》。目前積極從事結合 AI 技術與村上春樹文學的研究。

孫寅華
- 日本國立筑波大學地域研究研究科畢
- 淡江大學日本語文學系副教授
- 國立教育廣播電臺「早安日語」、「跟著 YINKA 走台灣」等日語講座主持人（2002 年迄今）。

張瓊玲
- 九州大學大學院文學研究科博士課程修畢。
- 淡江大學日本語文學系副教授。

中村香苗（なかむら　かなえ）
- 威斯康辛大學麥迪遜分校日本語學博士。
- 現任淡江大學日本語文學系副教授。
- 研究領域為會話分析、日語教學。著作包括「"Late projectability" of Japanese turns revisited: Interrelation between gaze and syntax in Japanese conversation.」（專書論文 2018）、《対話力を育む異文化間議論授業の実践研究―フィッシュボウル訓練の質的分析―》（專書 2017）。

落合由治（おちあい　ゆうじ）
- 日本安田女子大學文學研究科文學博士，主修日本語學、日本語教育學。
- 曾任特聘淡江大學日本語文學系教授、台灣日語教育學會理事、台灣日本語文學會理事。
- 與曾秋桂教授共同出版《我的第一堂日文專題寫作課》、《我的進階日文專題寫作課》、《一點就通！我的第一堂日語作文課》、《日語舊假名學習：與夏目漱石共遊歷史假名標示的世界》、《日本文學賞析：多和田葉子「不死之島」》等。

廖育卿
- 日本熊本大學博士，主修日本近代文學與茶道教育。
- 現任淡江大學日本語文學系專任副教授。
- 著作《森鷗外の「豊熟の時代」―中期文学活動の現代小説を中心に―》（專書 2016）。

蔡欣吟
- 日本東京學藝大學教育學碩士，明治大學文學博士。主修日本語學及教育學。
- 現任淡江大學日本語文學系副教授。
- 著作《温度感覚語彙の歴史的研究》（專書 2018）。

蔡佩青
- 名古屋大學文學博士，主修日本中世文學。
- 曾任靜岡英和學院大學專任副教授，現任淡江大學日本語文學系專任副教授。
- 著有《日本語文法知惠袋》、《日本語句型知惠袋》、《零失誤！商務日文書信決勝技巧》（眾文圖書）等日語學習教材。
- 青老師的日本之窗：vocus.cc/user/@sakuraisei

協編 |
伍耿逸
- 淡江大學日本語文學系碩士
- 現任淡江大學日本語文學系專任助教、淡江大學日本語文學系兼任講師。

日語學習系列 87

就是要學日本語
初級（下）新版

國家圖書館出版品預行編目資料

就是要學日本語 初級（下） 新版 /
淡江大學日文系編撰團隊主編
-- 修訂初版 -- 臺北市：瑞蘭國際, 2025.08
224面；19×26公分 --（日語學習系列；87）
ISBN：978-626-7629-83-3（下冊：平裝）
1. CST：日語 2. CST：讀本
803.18　　　　　　　　　　　　114010657

主編｜淡江大學日文系編撰團隊
召集人｜曾秋桂
副召集人｜孫寅華、張瓊玲
日文監修及錄音｜落合由治、中村香苗
合著｜曾秋桂、孫寅華、張瓊玲、落合由治、廖育卿、蔡欣吟、蔡佩青
協編｜伍耿逸

責任編輯｜葉仲芸、王愿琦
校對｜曾秋桂、張瓊玲、孫寅華、蔡佩青、葉仲芸、王愿琦

錄音室｜采漾錄音製作有限公司
封面設計｜劉麗雪、陳如琪
版型設計｜劉麗雪
內文排版｜邱亭瑜
美術插畫｜Syuan Ho

瑞蘭國際出版

董事長｜張暖彗・社長兼總編輯｜王愿琦

編輯部
副總編輯｜葉仲芸・主編｜潘治婷・文字編輯｜劉欣平
設計部主任｜陳如琪

業務部
經理｜楊米琪・主任｜林湲洵・組長｜張毓庭

出版社｜瑞蘭國際有限公司・地址｜台北市大安區安和路一段104號7樓之一
電話｜(02)2700-4625・傳真｜(02)2700-4622・訂購專線｜(02)2700-4625
劃撥帳號｜19914152 瑞蘭國際有限公司
瑞蘭國際網路書城｜www.genki-japan.com.tw

法律顧問｜海灣國際法律事務所　呂錦峯律師

總經銷｜聯合發行股份有限公司・電話｜(02)2917-8022、2917-8042
傳真｜(02)2915-6275、2915-7212・印刷｜科億印刷股份有限公司
出版日期｜2025年08月初版1刷・定價｜450元・ISBN｜978-626-7629-83-3

◎版權所有・翻印必究
◎本書如有缺頁、破損、裝訂錯誤，請寄回本公司更換

PRINTED WITH SOY INK　本書採用環保大豆油墨印製